月光落在手心

林水火 / 著

海峡出版发行集团 海峡文艺出版社

图书在版编目(CIP)数据

月光落在手心/林水火著. —福州:海峡文艺出版社,2025.4
ISBN 978-7-5550-4093-4

Ⅰ.I227

中国国家版本馆 CIP 数据核字第 2025ZZ3921 号

月光落在手心

林水火　著	
出 版 人	林　滨
责任编辑	何　莉
出版发行	海峡文艺出版社
经　　销	福建新华发行(集团)有限责任公司
社　　址	福州市东水路 76 号 14 层
发 行 部	0591－87536797
印　　刷	厦门集大印刷有限公司
厂　　址	厦门市集美区环珠路 256－260 号 3 号厂房一至二楼
开　　本	889 毫米×1194 毫米　1/32
字　　数	170 千字
印　　张	8.875　　　　　　　　　插页 12
版　　次	2025 年 4 月第 1 版
印　　次	2025 年 4 月第 1 次印刷
书　　号	ISBN 978-7-5550-4093-4
定　　价	58.00 元

如发现印装质量问题,请寄承印厂调换

林水火

笔名绿帆,福建省漳州古雷港经济开发区古雷人,中国诗歌学会会员,福建省作家协会会员,漳州市作协会员,漳州古雷港经济开发区作协理事,正高级教师,福建省特级教师,福建省高级人才(C类)。其诗歌作品散见于《八闽现代诗大展》《齐鲁文学》《青年文学家》《作家新视野》《微型诗选刊》《野果文学》《西北文艺》《诗路作家》等纸刊及中国诗歌网、中文诗歌网等网络平台。著有诗集《时光在风中行走》《眸光里的呼吸》。

春花夜雨总关情

我是庆幸的！庆幸林水火老师在第二部出版尚未半年，又迅速整理出第三部诗稿；庆幸他再次将诗稿交给我，并嘱我编辑整理且再次作序。我明白，这是林水火老师对我的支持，对我的信任，当然，也是对我的认可！

从2024年10月31日收到老师的诗稿，我着手编辑，时刻不敢懈怠，奈何那时正值年底，各种培训、会议、接待工作烦冗无章，只能选择工作之余陆续推进，未曾想，正是因为断断续续，却让我有更多时间得以深入研读品读这些朴素而又寓以生命哲思的诗稿，也时刻被其所感染、感触、感动。

第三部诗集名曰《月光落在手心》，共分五辑："春""花""夜""雨""情"。前四辑"春""花""夜""雨"是诗歌的"象"。在古典诗歌理论中，唐代诗僧皎然曾在《诗式》中提出，诗歌写作常运用"取象""假象""象下之意""兴象"等"四象"表达艺术效果。"取相"指诗人从自然界或社会生活中选取具有代表性的"象"，以表达特定的情感或思想；"假象"指诗人通过虚构或夸张的手法创造出来的"象"；

"象下之意"指诗人通过"象"传达内在情感或哲理;"兴象"指诗人通过"象"引发读者联想,从而产生情感共鸣或思想启迪。这个诗歌理论,放在现代的诗歌表达中,也是合适的。所有的"象",其实都是为了表达诗人的"意",表达诗人的"情"。"情"才是诗人真正要表达的东西!因此,第五辑以"情"做结,串联整部诗集。以下,我们且读且品。

第一辑"春"。诗人写初春"春天的阳光站在窗外/捧着一颗真诚而热情的心"(《春天的阳光站在窗外》),"鸽子三五只/有序地拍打晨光/从心走起,问候/在同一频道上/放大着迎春的喜悦"(《春天写在脸上》),此时万物复苏,"守岁的种子/经不住翅膀的诱惑/已带上厚重的祝福/在灵魂的土地上/发芽"(《冬谢幕之后》);写仲春"布谷鸟/撞击着吉他与二胡的五线谱/旋律上的花蕊/诱惑着痴情的彩蝶/与岸边花草邻居/联欢/布下欣欣向荣"(《打理春天》),只要把窗打开,窗外"盆栽的花花草草/还在老地方/精神抖擞地举起彩旗/一一送来春天的祝福"《黎明的眼睛睁开》,万物开始生长,"新芽纷纷地露脸/承担起一棵树一丛草的希望/阳光雨露/一一加入/用心地谱写青春的歌谣"(《新芽纷纷地露脸》);写暮春"窗外的春/无法阻止老去的落叶"(《颤抖的空杯》),"躺在春天里的疼痛/夸张地提速/而希望的封面/还有些许失色的冰凉"(《沿着夜色里的一道亮光》),步入中年的诗人面对暮春,心中不免惆怅,只想"煮一壶寻常的水/沸腾了/以岁月为茶/在季节深处/家常开花"(《煮一盏茗茶》),但"奔走在路上/捧着诗心/却憧憬与春风有约"(《与春分有约》)!"春"只是诗人抒写的

"象",不管是初春、仲春、暮春,表达的是诗人要么"祝福""欣欣向荣""希望"、要么"疼痛""冰凉"却始终保持着"家常开花""憧憬"的诗心!

第二辑"花"。生活在乡村又毕生执教于乡村中学的诗人,"花"是其生活中目不暇接的"取象",是其寄托情感的最重要的"假象"。在这部诗集中,诗人写了知名的花草树木数十种,包括老榕树、青藤、向日葵、石榴、绿萝、蜡梅、三角梅、狗尾巴草、朱顶红、火焰树、梧桐树、鬼针草、海棠花、玉兰花、玫瑰、夏堇、喇叭花、向日葵、桂花、枫树、雏菊、昙花、三叶草、松柏、异木棉、蒲公英、鸡冠花等,这些花草树木生长在诗人的生活中,把诗人的生活点缀得诗情画意。比如,"沉默一段时间的火焰树/在年轻的时间里/着装血色/举起串串喜庆/迎候返乡的表情包"(《封存一枚念想》);比如,"一抹绿色/谈论着南北通透的哲学/这被命名的绿萝/浸泡了一湖冬的清凉"(《冬天里的一抹绿色》);比如,"火焰树举起一束束火焰/去接近/却感受不到光和热/而奔跑的激情/会被瞬间点燃"(《火焰树》)……当然,还有许多不知名的,"一朵花,开在晨光里/如最美的遇见/她用眼神/打开日子的大门"(《一朵花,开在晨光里》),"一棵叫不出名的野树/与大山并列/风雨中/它使劲拔节"(《一棵野树》),"一枚枚绿芽/睡在雪的怀抱/适应了/便穿上季节的长袍"(《野草守住大地的肤色》),这些没有名字的花草树木,也时刻在撩拨诗人内心涌动的"情"。

第三辑"夜"。著名的"朦胧派"代表诗人顾城曾写道:"黑夜给我了我黑色的眼睛,而我却用它来寻找光明。""黑夜"象征着压抑、困顿、混乱、迷茫,"光明"象征着希望、愿景、未来、美好。"黑夜"的诗歌意象,完全是步入中年后的诗人的真实生活写照:"在中年的岸上围观/一湖江水/没有缺位的垂钓"(《又遇见一个新的日子》),"夕阳之下的中年人/捡起晚霞"(《声音的颜色》),"人至中年,一个个/从浪涛的波段里返乡"(《灯光牵挂的名字》),"站在中年的十字路口/我举起了童年问号"(《秋天的永恒》),"时空发霉/正消耗中年后的光芒"(《雨,还在下》),诸如此类,这里不一一而论。在年轮日益增长中,诗人历经压抑、困顿、混乱、迷茫,"夜色中行走/你是自己的提灯人/心中一抹红/沿着被认可的路/来来去去"(《把耳朵叫醒》),渐而寻求与自己和解;"夜色依旧/没有鲜花的掌声/无须奔放的仪式/有一种抒情/在风的指尖上跳舞"(《倾听夜色》),渐而领悟生活真谛;"跨过生命中的一个个湍流/匆匆的匆匆/渡口在黑夜抑或白天/从容微笑,从未奢望/摘取星星月亮的梦想/从未痴情/追逐遥远火热的太阳"(《匆匆》),渐而发出对"光明"的呐喊!

  第四辑"雨"。正如"黑夜"与"光明"这组意象一样,"雨"与"晴"也诗人矛盾的现实映照与心理慰藉。他慨叹"我握不住雨滴/也难以倾听雨落回响"(《握不住雨滴》),慨叹"粘人的雨一场接一场/于风景中/倾诉着霸道逻辑"(《幽静的沁芳》),慨叹"一场不请自来的雨/闯进阳光生活"(《一场不请自来的雨》),慨叹"一场不着调的细雨/不小心/唤醒了冬的冰冷"(《一不小心》》);然而,慨叹归慨叹,"深情于小草与雨的对话/此时,我听到/雨满满的微笑"

（《云朵之上》），面对"雨的微笑"，诗人满是欣慰；"与落叶的谢幕/共鸣/指挥着低调的雨/舞动青春"（《风的心愿》），叶与雨的飘洒，如在诗人心中"舞动"；"太阳如约而至/我在一个宽阔的老地方/主动去读懂/阳光的无私与热情"（《太阳如约而至》），"在没有围墙的时间里/风雨变成了/没有骨头的记忆/又见太阳笑了"（《又见太阳笑了》），最重要的，是对"雨过天晴"的期待，是对"太阳笑了"的憧憬。

第五辑"情"。"情"是这一辑诗歌的精神主旨，同时也是串联整部诗集的精神主旨。在这一辑诗歌中，诗人写了"而母亲/注定是我最永久的人生驿站"（《写给母亲的诗》）"沉默的你/扛起黎明与黑夜的劲"（《沉默的你》）的父母亲情，写了"我在叫卖声中持续发呆/一个老店/两个菜包/最懂我的心事"（《叫卖声》）的邻里情，写了"遇见你/回眸/总有一缕如莲清澈/在心中荡漾"（《遇见你》）的老友情，还写了"共同的方言/灵犀的情愫/捆绑在灵魂的纽带"（《时光磨不掉乡情》）这种如烙印于身的乡情。"情"是诗歌创作永恒的主题，诗人通过诗歌创作进行抒情，就应该直白地、舒畅地、痛快淋漓地、热情饱满地抒情！因此，在这一辑中，诗人以诗表达着自己的各种情愫，如《时间的孤帆》《虚设的枷锁》《轻轻地放下》《垂钓自己的影子》《打扫》《温暖》《格局》《唠叨》《面子》等，与其说抒写情感，不如说是诗人对生活的感触、感想、感悟。其中，把"兴象"写到极致的，莫过于《石头上的修辞》：

普通的长相
是雕刻刀
赋予它有血有肉的故事
即使被赏识被信仰
而它
始终保持沉默

从母体分离
原始的大小棱角
历经风雨侵蚀
历经岁月雕琢
它始终保持着
石头的倔强

有时候，它是垫脚石
有时候，它是绊脚石
不管给予石头什么样的修辞
而事实上
它永远是它自己

　　虽历经"风雨侵蚀""岁月雕琢"，但始终保持"石头的倔强"，是"垫脚石"也罢，是"绊脚石"也罢，正是因为已经不在乎别人给"什么样的修辞"，"石头"才能保持初心，做永远的自己！石头便是诗人自己的写照！从"石头"这个"象"入手，以表达诗人自己在岁月积淀后的"意"，读起来朗朗上口，又通俗易懂，实为妙哉！

　　其实，《月光落在手心》这部诗集最值得称赞的，当属这个岁月积淀后的"意"！《月光落在手心》是诗人的第三部诗稿，因前两部诗稿也是经由我手编辑整理，所以我斗胆评议一番，若有不妥，敬请略过。第一部《时光在风中行走》，诗作偏向"取象"；第二部《眸光里的呼吸》，诗作偏向于"假象"；而这第三部《月光落在手心》，则已经侧重"象下之意""兴象"了；这或许就是"岁月积淀"后的诗人，以日臻成熟的诗歌创作手法，表达更具"生命哲学"的心灵感悟吧？

　　巧合的是，在与林水火老师协商本部诗集书名时，我本是拟定了六个名字，且更倾向于"捡一幕天晴"，老师却选择了我本不看好的"月光落在手心"，面对我的一脸不解，老师说："前两部都有'光'，第一部是'时光'，第二部是'眸光'，第三部选择'月光'，不是更呼应？"我恍然大悟，这冥冥中的"光"，不就是老师岁月积淀后的极具哲思的"意"吗？就让"光"照耀所有的诗行，就让"光"陪伴老师的诗写岁月，就让"光"陪伴所有读者吧！

　　写到这，那就以老师的《对接一束光》作为结尾吧：

　　　　一种分离
　　　　一种团聚
　　　　落日后续写着人间哲学
　　　　将眸光近距离交叠
　　　　梦混淆着现实

　　　　曾经的云朵疲惫地追月
　　　　变色的天空
　　　　雨与风，此起彼伏
　　　　敲打在草上
　　　　敲打在绽放的梅花间

迂回地命名着美丽的包装

翻阅过黎明前的黑暗
对接一束光
盖上同一出厂的印戳
与明朗的春天
结伴

是为序！

2025年2月8日

陈忠坤

陈忠坤，中国民主促进会会员，福建省作家协会会员，中国诗歌学会会员，中国报告文学学会会员。著有出版专著《梦想与现实——经营出版经验谈》、人物传记《少年陈景润》《少年李林》《陈楚楠传》、诗集《短吁长叹》、儿童绘本《中华少年传统美德故事（全12册）》等。

目 录

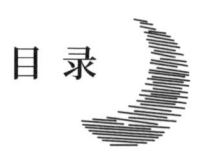

第一辑 春 ○ ○ ○

002	无法叫醒的梦	024	雾遮不住红灯笼的眼睛
003	煮一盏茗茶	025	过年
004	春天的阳光站在窗外	026	与元宵握手
005	半窗	027	在包裹里迎春
006	风没有选择地吹着	028	未了的梦香
007	纸上雪花	029	冬谢幕之后
008	被窝里有春天	030	黎明的眼睛睁开
009	黎明又给了我不离不弃	031	梦的笑脸
010	风还是不喜欢其他的称谓	032	与日子一起叠加
011	风有深刻的记忆	033	阴影
012	岁末回首	034	摇曳风中
013	一个角落的宁静	035	在春天的乡野
014	礼物	036	从春天开始
015	让岁月留香	037	谁拿起岁月的针
016	野草守住大地的肤色	038	从日月里走出来的牛
017	风吹过脸	039	新芽纷纷地露脸
018	又遇见一个新的日子	040	清凉的春天
019	春天写在脸上	041	看不见的行囊
020	致除夕	042	颤抖的空杯
021	团圆饭	043	沿着夜色里的一道亮光
022	拜年	044	声音的颜色
023	又一个年	045	春天的挽留

1

046	捡起一只丢失的影子	061	春的重叠
047	对接一束光	062	与春风有约
048	春分,在父亲的背影里	063	风中细语
049	灯光挂牵的名字	064	思念与春天一起成长
050	春天继续野生着	065	暮春
051	姿态	066	文字拼凑的柳絮
052	了结纸上的传说	067	擦肩而过
053	当灵魂在黑夜的岩石上撞击	068	羽毛之外
054	捡一幕天晴	069	别了夕阳
055	清醒的糊涂	070	谷雨
056	阅春的思念	071	书香的颜色
057	早起的鸟儿	072	春风春雨还在春天做东
058	拧着人间烟火	073	春天长在被遗忘的墙面
059	鸟儿从梦中醒来	074	一缕春风
060	名字里有一座山	075	打理春天

第二辑 花 ●●○

078	缺口	091	山那边
079	入夏	092	一朵花,开在晨光里
080	立夏	093	虚掩的门
081	火焰树	094	一棵野树
082	两只蝴蝶	095	将你的流年记成永恒
083	塑料花	096	秋实
084	清晨	097	又是一季秋风凉
085	一枚黑色修辞	098	深秋,晚熟的季节
086	遗留的时光	099	长不大的绿萝
087	夏堇的颜值	100	秋天的印戳
088	且听风吟	101	秋天的永恒
089	爬过栅栏的喇叭花	102	时间刻度
090	高远的天空	103	秋风,没有眼泪

104	该降温了	116	与冬天有约
105	追光	117	一枚树叶
106	那一片流云	118	风找不到方向
107	我和深秋一起静坐	119	背后
108	时间以为它赢了	120	冬天里的一抹绿色
109	风景独好	121	攀附
110	立冬	123	封存一枚念想
111	冬的静默	124	阳台
112	在一枚绿叶的经络上	125	清瘦的时空
113	天空有高远的理由	126	被遗忘的滋味
114	以根的生命	127	在岁月的经络里行走
115	起风了		

第三辑 夜 ○ ○ ●

130	萤火虫	147	写给夜色
131	云里有一匹马	148	眸光抵达之处
132	暮归	149	路灯又上班了
133	靠近一个窗口	150	落在月光里的声音
134	把耳朵叫醒	151	落日留下的语言
135	月光落在手心	152	月光鸣奏
136	倾听夜色	153	我的天空
137	匆匆	154	乳名会站成故乡
138	一杯月光	155	回味过后
139	旧时光	156	入冬了
140	听风	157	雾在前方迷糊
141	月念中秋	158	心灵的百叶窗
143	昨夜有月光	159	陌生中的糊涂
144	夜色熟悉	160	夜里有雾
145	理想的渡口	161	夕阳,也有远方
146	独步	162	生活之外

3

163	太阳落山之后	172	寂静的夜色
164	一双老旧的脚	173	以缥缈的姿态
165	梦的高远	174	一条河的记忆
166	梦醒来	175	暗处的光
167	大海换上了新装	176	选择
168	岁月的辽阔	177	黑夜，还是曾经的
169	在黑夜的笼子里	178	从黎明到黎明
170	空荡荡的黄昏	179	一起散步
171	悬挂的句号		

第四辑　雨　●○○

182	握不住雨滴	200	靠近的眸光
183	你若安好，便是晴天	201	触角
184	独处	202	往事
185	雨，还在下	204	与影子同行
186	又见太阳笑了	205	一不小心
187	金麦穗	206	冬雨
188	幽静的沁芳	207	雨还不着调地下着
189	悄悄地走来	208	野生的阳光
190	蝉鸣	209	冬就在眼前
191	一场不请自来的雨	210	太阳如约而至
192	夏日追凉	211	终归是自己的过来人
193	消失的风声	213	生活背面
194	云朵之上	214	岁月深处
195	雨扰了谁的心弦	215	没有阳光的日子
196	江湖	217	入冬
197	听心	218	遇见便是幸福
198	风的心愿	219	带上阳光无言的叮咛
199	聆听微笑的声音	220	像往常一样

221 在清明的轨道上
222 在父亲的窗外
223 雨和雨结伴

第五辑　情

226 写给母亲的诗
227 沉默的你
228 与风一起
229 时间的孤帆
230 石头上的修辞
231 虚设的枷锁
232 叫卖声
233 与时光对坐
234 时光磨不掉乡情
235 轻轻地放下
236 垂钓自己的影子
237 遇见你
238 渡口
239 打扫
240 温暖
241 铃声
242 杯边的那滴存水
243 格局
244 杯中酒
245 谁会在我的诗里等你
246 唠叨
247 面子
248 被时光遗忘
249 有一种别离
250 自画像
251 行走在路上
252 轮椅上的思想
253 当我静止下来
254 执手一杯清茶
255 影子
256 秋夜拾趣
257 赶路
258 岁月的眼睛
259 温度
260 衣架
261 赠你一个沉默
262 方寸之间
263 不舍得撕下一页日历
264 眸光下楼
265 夜色不想醉乡愁
266 纸上乡愁
267 时光流经的地方
268 信仰扛在肩膀上
269 空椅
270 独饮一杯清静
271 空瓶
272 倒影
273 不被带走的祭品

274 / 后记

第一辑　春

布谷鸟

撞击着吉他与二胡的五线谱

旋律上的花蕊

诱惑着痴情的彩蝶

与岸边花草邻居

联欢

布下欣欣向荣

——《打理春天》

无法叫醒的梦

鞭炮声叫醒了黎明
他叫醒豆浆机

迎接他的路
会有麻雀喜鹊布谷鸟
站立枝头召唤
老榕树
也都在春天青春了许多
还爬满了
乱麻似的青藤
他走上了杏坛
分别与四季风握手

曾经
风声雨声雷声
穿透围墙
不停地喧嚣
深藏于时间背后的梦
始终无法被叫醒

如同摆设
成熟与成长
总有想象不到的缺口

煮一盏茗茶

拼凑起时光碎片
在暮春
与日子谈心

煮一壶寻常的水
沸腾了
以岁月为茶
在季节深处
家常开花

阳光热情了很多
驱不散
褶皱里的尘垢
风与风
有谁能分清原创与否

春天的阳光站在窗外

与一个喜欢的时空
融合
屏蔽不同频道的所谓和弦
咀嚼未归位的记忆
丈量思维
去对接剩余的远方

尝试着去想象一片落叶
谢幕无言的生涯
记忆里曾被忽略的浪花
与一叶孤舟
与蓝色刚柔相济
在风景中
站立成流失的默契

春天的阳光站在窗外
捧着一颗真诚而热情的心
是陪伴？
是安抚？
是牵挂？
小小方格跳动着答案

半窗

曾经的郁郁葱葱
在秋天路途上
明明白白地瘦下身来
骨干的名字
准备着迎接料峭
在白天
在斑斓的夜色

不经意间
总会有
一圈印象中的饱满
看不出虚假的包装
是向日葵
是石榴
它跳出了纸上的虚构
在眸光的世界
摆放事实

春天搭起的风景
羞涩称谓
举起半窗
那贴近花开的声音
那融入果汁的香
或将
组成袖珍的想象
看星星月亮
陪伴小花小草

风没有选择地吹着

此时
风没有选择地吹着
考验空旷的胸襟
墙的脾气让它拐弯
塞满了旮旯巷角
丈量起小道羊肠

半梦中
戴着伞的蒲公英种子
借风的力量
若有所思地降落
在湿润的地儿
在小草与小草的留白处
或将寻觅
下一个早春的家

阳光在白天变频地亮着
朝向的深情
各自暖和
遇见与转身
在愉快的流年里
准备描摹明天的画面

纸上雪花

终于盼来了黎明
梦里一别
如同走出了浪涛的汹涌
失落还是隐痛
似乎就在两个不同的世界
纸上雪花
虚拟着那种最边缘的感觉

遇见的白天
只看到过滤过的阳光
晴朗的安慰
像父亲滑落的一勺勺
最近距离的温暖
安静了
只想放大彼此的心跳
去享受人间最奢侈的瞬间

就在此时
风似乎最懂祈祷心事
它成了听话的孩子
脱下冬的料峭
与绿萝相安无事
而是虔诚地等候
大地回春的最美祝福

被窝里有春天

夜刚爬上头顶
白天的阳光已经不见了
路灯是虚拟的阳光
阴与阳
悄然地挑战
无疑禁锢了脚的自由

风的喜怒哀乐
此时
你无从感受
而它心意已决的冰冷
向四周围拢
一双镶边的深眸
也只好
于夜下难得糊涂

很想与冬握手言和
即使可以不用阳光灿烂
也不奢望蜡梅飘香
只想时间通融
黎明前
被窝里有想要的春天

黎明又给了我不离不弃

伸出一双手
推动着一日三餐
新的日子
总喜欢用挑逗的眼神
不时地回眸
还笑话我蹒跚的样子

虚拟的包间
一个人在夜色中盼朝阳
灿烂的流年
远离了残冬
无法去预测
遗漏在梦里的点滴
旁白的结果
竟疑似春天的露珠

此时
黎明又给了我不离不弃
包括影子
以及一起呼吸的心跳
路边举着的彩色
或是大地
对我的诺言的最美兑现

第一辑 春

风还是不喜欢其他的称谓

不想与自己太多纠结
顺从宁静的夜
回眸冬的一段距离
想想花的长相
看看过冬被冷落的小草

有书的世界
一枚生锈螺丝钉
不会主动挫伤指尖的云朵
它与尘封的日记
关系的扉页
岁月早已认同
谁贴着谁
交给闭口的抽屉
无须浪费文字
为此写着短暂的永恒

风还是不喜欢其他的称谓
它在路上巡逻
跟所有遇到的打招呼
最后停留
在小草平静而顽强的家
静静倾听迎春灯笼的真假脸色

风有深刻的记忆

眼前越来越多摆摊的
总以春的名义
或方或长的形容词
一出手就是新春的祝福
路过的行人
也在痴痴地寻觅

其实
不管你在哪
风有深刻的记忆
它擅长复制粘贴
你出发的时候
它就紧紧跟从
描绘着最类似的
包括你所期待的祝福

窗外的天空
有心中向往的云朵
而你接二连三的虔诚
会有彼岸
风会吹过沉默的石头
高举沸腾的吉祥

岁末回首

一条路通向一个老地方
尘土气息
新与旧的飞扬
一样记忆
三角梅花开花落
狗尾巴草自由自在
真假风景
迎合各自眸光

是谁
喜欢在心中竖起云梯
倾听饱含的泪痕
还感同身受
某一低处对晴朗的憧憬
曾经的跌倒
站成塔
塔尖的高耸
虚拟为年的传说

一个老地方走出一条路
是谁
将终点当作起点
笔的重复
让流动的日子刷新
只保留阳光最真实的底色

一个角落的宁静

此时
天色又将交给夕阳
来自窗外的风
玩捉迷藏
揪起树叶轻摆
若有所思地
往温暖的缝隙穿透

感恩的铃声
打破了远方的牵挂
心跳的回音
再次提醒生命的频道
那残冬
曾经留下刺骨的记忆
一枚枯萎的花蕊
总在期盼春的播种
即便是
类似未能完全燃烧的火苗

仰望前方
仍无法丈量心的空旷
而拥挤脉动
几乎数不清地
挑逗日子的长短神经
一个角落的宁静
信仰又植入进阶的虔诚

礼物

还记得日出日落
将霞光归类
也如同尖锐的钉子
往深处扎紧
避免盲目地摆动方向
于花丛中执念
守护着脚下的根

漂泊
如驶向大海的轮船
在未抛锚的时候
于浪花的纹理上执着
庆幸在阳光中享受
新的风平浪静
一枚波涛
或将遇见美丽的垂钓

保持一段距离
心扉敞开
没有隐形的翅膀
灵魂却似云朵一样的自由
在晴朗的边际
正畅想
稀缺的天籁之音

让岁月留香

时间并非虚拟词汇
醒来了
就去接触泥土气息
窗外的世界
又有新的色彩

哭与笑
类似于一棵树的年轮
留下的烙印
递增了向上的力量
滴滴酸楚
收藏于季节的行囊
与阳光
敞开心扉
如同书写故事
沁香流向绿芽的血液

把如果还给昨天
折叠记忆
用微笑制作一枚通行证
在时间内外
去等候
岁月的真诚接纳

野草守住大地的肤色

穿越长江黄河的汹涌
倾听山谷里的幽静
与一剪梅对话
妒忌高处的浮云
冬过去了
大地再一次被完整地剃度

候鸟列队而过
野草守住大地的肤色
嘀咕着下一个春天
一枚枚绿芽
睡在雪的怀抱
适应了
便穿上季节的长袍

风云在创作新的交响曲
在幕后的小屋里
虚拟于浪漫的花园
大起大落之后
我选择守住一个人的涛声依旧
回归

风吹过脸

被重复做过手术的岁月
在冬日的太阳底下
发抖
山的那边
独享蜡梅的小鸟
唠叨着
雪花没有节制地洒落

从酒杯里醒来的风
夹杂缕缕年味
蕴含着往日的喜悦与尴尬
在红灯笼跟前
哑语不断
一张安静的脸
早已历经风的各种凛冽

冬天还剩下几张日历
温暖的流年
与新年的祝福捆绑
清醒的执念
不再过问
风来自哪个合理的方向

又遇见一个新的日子

半梦半醒
又遇见一个新的日子
操场的空旷
和煦的阳光
拿出满满的真诚
为了与时间的年终
约会，圆场

转身的工夫
岁月以酒的名义
微笑地靠近
不老念想
在中年的岸上围观
一湖江水
没有缺位的垂钓
问候夕阳
原始地记录晚霞的祝福

意外地敬重
那些弯腰的柳枝
一线清瘦
也是如此到位的鞠躬
感动的燕子
会与早春
为种子的明天
拓荒

春天写在脸上

迎接又一个宁静的冬天
鸽子三五只
有序地拍打晨光
从心走起,问候
在同一频道上
放大着迎春的喜悦

红灯笼圆鼓鼓的
提前上班
在风中撑起最饱满的祝福
不管对谁
都一样地真诚
野着的三角梅
认准它心中最大的王
举旗膜拜

鞭炮声
顽皮地释放自由
毫无掩饰地辞旧迎新
贴春联的老者
似乎已见证了喜悦的笔墨
将春天写在脸上

致除夕

鞭炮爆竹频频发出信号
赛道上的除夕
即将到站
又有一段记忆
收藏来自自己的故事
寄望新年钟声
开启拐角处的遇见
再合拍
五线谱上的音符

曾见过
被放飞的鸽子
比试纯洁的蓝天白天
挑战灵魂的高度
背包里的承诺
如同一座山
落在翅膀的长年累月
轻盈回眸
深藏着多少迷茫
已刻录成岁月的黑白

此时
风吹过新增的年轮
寒冬赠语
牵扯着胜似珍珠的感叹
冰冷的心
奢侈着冬天最温暖的阳光
交替热敷
遐想着如梦般的花果飘香

团圆饭

柴米油盐酱醋茶
在除夕的渡口又碰撞
普通的人间烟火
在岔口画上句号
灿烂的花
在心中绽放

一杯酒
纵横东西南北
没有夸张的自我传说
如同小草
一样地经历日出日落
坦然地赏识
总是不完美的一枚绿叶
掉落的情绪
常常在谈笑之间

举杯
将除夕推向新高潮
收藏冬天独特的念想
吞吐的欲望
绽放岁月累积的微笑
牵扯粗茶淡饭
心与心的凝聚
忘我地徜徉在圆桌上

拜年

年在各自的生活里
定义着
带入感恩的遇见
在湍流中
于拐角处
寻常于寻常的老路上
早已汇入血液的长河

牵挂与交集
守住了风雨的出口
摆渡
一本书的故事
将结局升华
真真假假
即使在黑夜
心跳总有十足的感应
黎明的光
意外地唤醒沉默的步伐

年与年再次交接
延续的
总被归结为生命之王
大包小包
提炼成一个符号
拜年
仅仅是回眸的端点

又一个年

大年初一
阳光给出了起点的低调
明朗的程度
在各自的心中掂量
就在此时

阳光总会出现
醒来了
幸福的种子已准备好发芽
一枚绿叶
一朵鲜花
为你的欲望量身定做
微笑的密码
在高远而智慧的深眸处
生成

又一个年
在冬天的故事里
抬头
收发的称心如意
心与心
早已定了合理的距离

雾遮不住红灯笼的眼睛

大街小巷
已张罗了新的着装
一串串一个个
红灯笼
正接受新年动车的检阅
夜色中
铺天盖地的雾
一双双不定型的手
遮不住红灯笼的眼睛

月亮还忙碌在需要的地方
此时,仰望的力量
无法感受到圆场气派
手牵手
包容着凸出的棱角
一路向前
混淆于清醒的边界
以水的名义
流动来之不易的喜庆

二胡站了起来
迎接心中十五的月亮
牵念
不仅仅是旋律
在记忆的内外回荡
梦一场青春的歌
将自己浪成长不大的年

过年

在乎的
习惯从血液里寻找
类似于
天空的高远
大海的辽阔
多少微笑
多少自嘲
在时间的背后
吞下

忽略的
是封面是扉页是书脊
剖析着
摆上了桌面
对视长不大的绿萝
虚拟一束光
将看不见的心间点亮

阳光比雾还疲惫
仰望
零星的水滴
绵绵地接近温暖的记忆
一杯茶
趁热
去融化
或将定型感叹号

与元宵握手

与元宵握手
天空负重地深情
俯视着眼底下的所有动静
鞭炮继续报春
慷慨地
向小花小草分发纪念品
也包括我

再一波祝福
沿着最熟悉的时间隧道
拥挤
似乎在赶超时光的绿色速度
谁跟谁,这个世界
早已填满鸟语花香
尤其是那些刻录在血液上的
精彩瞬间

在老地方
举起值班的大旗
与元宵一起
将心事朝向或在乔装打扮的月亮
立春后的出场
她又将赋予美丽怎样的答卷

在包裹里迎春

心事
装在各自的时间盒里
在悬崖上悬着
打开后
随瀑布被动地撞击
倾泻的
是梦的零散碎片

落花生
在包裹里叫春
提前的喧嚣
久久地扰乱轻盈的云朵
巨石
堵住了心灵的窗口

着迷呼吸的晴朗
就在脚能触及的地方
一棵小草
只需要没有彻底的荒漠
风在起哄
稀罕的一席之地

未了的梦香

冬天终于走了
立春的号角响遍了山川河流
唤醒绿色的眼睛
无声的喧嚣
在曾经枯黄的挣扎中
抬头

时间的生命在无限延长
遇见的
陌生与熟悉交替
记忆的痛点没有间断过
即使将自己灿烂成午后的太阳
填满空白
而植下的是满满的伤痕

忘记了大雁的方向
天真的想象
如同小燕子变成老燕子的状态
年轮在于别人的眼中
此时灯光有些憔悴
掉落下的
消失于大地的怀抱
没有掉落的,或在继续寻找
未了的梦香

冬谢幕之后

冬谢幕之后
启动新的轮回
清醒地牵起今天粗糙的手
左右如一
以拳拳之心置放
出发

年轮再次生长
与宁静对话
还收藏那把来自冬天剃度的刀
从反面入口
删除欲望原野上的杂草
为春天正名

不想打听甘露的出身
守岁的种子
经不住翅膀的诱惑
已带上厚重的祝福
在灵魂的土地上
发芽

黎明的眼睛睁开

黎明的眼睛睁开
窗内的空气还是黑色
记忆黑白分明
一股温暖的乡土哲学
被缓缓地孵出
妥协了曾经冰封的词汇

将窗打开
盆栽的花花草草
还在老地方
精神抖擞地举起彩旗
——送来春天的祝福
手心的甘露
点滴滋润
迎合着彼此的欢悦

此时
空气与阳光都是流动的
它们的记录仪
开始在时间内外工作
自带的包裹
闭与合
一把钥匙
早已置放在灵魂的圣堂

梦的笑脸

烟雨自成背景
举起朦胧的主题
潮湿为眸光抵达之处命名
撑起的伞
沉默在一条路上

渴望灿烂
阳光总想着如何让记忆瘦身
奇怪地处处隐藏
入厅堂
一股习惯的热情
撞上了冬天留下的冰冷
又转身而去

还记得
冬天的温床上
梦的笑脸
自以为都是春的模样
枯树会发芽
大燕小燕
会贴着老去的屋檐联欢

与日子一起叠加

一路默契
从黎明到黎明
光的种子在共同的时空发芽
春去春又来
如今
已枝繁叶茂

碰撞与融合
演绎为拔节的甘露
如同小花小草四季的必须
晴朗的日子
画一圈圆桌
过去的
常常被当作适口佳肴

一路默契
翻越了黑夜和黑夜
长不高的微笑
与日子一起叠加
记录着
绿萝般的幸福

阴影

深藏于夜的胸膛
记忆的顽疾,随时在暗地里发作
路灯捡起
一幕幕灼伤
延伸至新的黎明

从阳光走向阳光
平仄一条路
站在阴影里的春天,翻阅桃花
半梦半醒的醉
误读了一个省略号的内涵

往岁月最隐蔽的地方
将光的碎片组合
一把犀利的刀
让阴影里的淤血,彻底流干
让灵魂的沃土净化升级

摇曳风中

执着与彷徨
挂在一棵大树的枝头上
随布谷鸟的翅膀
抖动
春天模仿了冬天的料峭

又起风了
冲着夜色
时间缝隙里细长的光
一次次将影子变形拉长
清扫着路面
看不到天上星星月亮
听不见它们三番五次的叫唤

太阳落山
日子的扉页摇曳于风中
激起的时间涟漪
遇见遗憾
签上草书般的名字
贴春

在春天的乡野

在春天的乡野
一群人,悄悄地倾听绿色的呼吸
白云高高在上
仰望,看不到想象的边缘

长高的小草,在风中折腰
梦中牛羊
似乎在检阅二月的早春
不,也包含归来的燕子
年轮的恍惚
此时,又提前透露给鸟语花香

从冬天里来
停留在概念与概念之间的料峭
以及荒芜
这一切,都换装成风筝起飞的
温暖心田

从春天开始

冬天里包括落叶
曾经留下了太多的思考
此时
桃花雨的诗意
梧桐树的煽情
热闹起来的远近彩蝶
它们开始以自己的方式
给春天定义

童年里的老牛
即使没有鞭子的命令
架上坚硬的道具
一遍遍翻阅朴实的大地
让种子播撒深层的希望
春,就这样
在脚下悄然地发声

黎明早早到来
枝头上不知名字的鸟儿
抢先一步
在阳光下解析着传递着
讲述着黑夜里隐藏的故事
风的语言是含蓄是沉默
路过霜白
似乎又在自言自语

谁拿起岁月的针

扎堆的方言
无序地解读起旮旯的春秋
花与果的结论
冷落了小草的心
此时
只有风显得麻木
在阳光下静静地平躺

谁拿起岁月的针
用阳光的丝线
补了又缝
缝了又补
而裂痕与漏洞填充后的间隙
依旧泄露出记忆的碎片

春天长遍了希望的颜色
无声与有声
一起随烟花一现
落地尘埃
何去何从
隐藏的种子
在练习破土与拔节的功夫

从日月里走出来的牛

从日月里走出来的牛
踏春
喜欢上同类的乡野耕耘
仰望与躬身的风景
挂着微笑
沉默的枝干轻轻地摆动

太阳,最大范围地播种
它拥抱汗水
亲吻寻常脚印
举起春暖花开的承诺
似乎在探问
世界的长短呼吸

日子,不是写在纸上的陀螺
秒针是钉子的化身
风雨句号
被晴朗回收
与牛一起
又在春天布施新的棋盘

新芽纷纷地露脸

新芽纷纷地露脸
承担起一棵树一丛草的希望
阳光雨露
一一加入
用心地谱写青春的歌谣

天空与大地联手
放飞翅膀
也见证小花小草
以及一粒尘土梦想的年轮
风雨到来
或是乡愁的小小插曲

呼吸与岁月的列车同行
轨道上的命运
遇见的风景
总有一种鱼水的交情
已无声地流入迂回的心肠
在慢慢发酵

清凉的春天

此时
春天正在长大
希望在细细的枝头上
清瘦
还被冬天捆绑
春,贴着薄薄清凉

煮熟的记忆
还留着结痂的僵硬
用心咀嚼
依旧少不了沉重的思量
一杯热茶
苟且瞬间宁静
落下的花瓣
胜似漂浮的茶香

春雷终归会响起
算一种预设
它来自狂野的呐喊
往内心深处激活
漾起的涟漪
或将平衡春天的清凉

看不见的行囊

呼吸进入爬坡过坎
日子的纹理
再次,担心一个解不开的结
梦中神话
奢望着未曾走出的记忆
在无声的日子里,奇迹般到来

春天是个开始
日子浓缩
盼着那颗最明亮的星星
在白天发光
即使被太阳狠狠地排挤
一棵棵长大的树
只仰望,高高在上的蓝天
血管里的记忆,从这边流向那边

岁月给年轮倒计时
宁静的泪
谁都无法计数它的标点
看不见的行囊
在一条老路上被抽成真空
我看到了氧气最无奈的牵挂

颤抖的空杯

在低谷处
已经分不清白天还是黑夜
心中的巨人
从未有过的安详
从脚开始算起的时间刻度
渐入模糊

颤抖的空杯
仅仅就一勺稀薄的安抚
也无法抵达生命的彼岸
此时
一枚永恒的词汇
从潮湿的眸光滑落
窗外的春
无法阻止老去的落叶

沿着夜色里的一道亮光

沿着夜色里的一道亮光
从春天走向春天
清澈的岁月
被春风举起
有一种诱人的眸光
紧紧地盯着
来自乡野的彼岸

过了年的玉兰花在家等候
一只只彩蝶
扯出一段段往事
在时间的枝头上
满满晶莹,层层剔透
此时,无法分清是汗的回报
还是泪水的辛酸

记忆夕阳
随行变换成另一道亮光
僵持于不断翻倍的祷告
于心中,放缓的秒针
躺在春天里的疼痛
夸张地提速
而希望的封面
还有些许失色的冰凉

声音的颜色

夕阳下的中年人
捡起晚霞
翻阅着计算着
对接想象的七彩之光
一颗心
将拥挤的明天放下

从冬天里吹过来的风
清新温柔
它吹生了大大小小的绿叶
送来春暖花开
祥云
在神奇的梦幻中
也随风飘洒着点点滋润

来自四面八方的声音
不同的轨道
不同的高度
虚拟地标榜贴签的色调
不经意间
又刺疼了灯的眼睛

春天的挽留

翻阅时间的心事
阴霾料峭
所有流经伤口的记忆
在春雷响起之前,终归释怀
蓝天白云
在最高处为此点赞

一座山的沉默
浑浊的目光
慌张了不离不弃的诺言
时间的脚步放缓
心的皱纹翻倍地增加
无声地喊山
此时,只为春的挽留

不经意间
白天与黑夜反串
有一种距离
在最近的地方
一次次地
刺痛着大大小小的灵魂

捡起一只丢失的影子

不经意间
于黑夜与黎明之间
独处着迷茫
空荡荡的黑
一束光
想起曾经的流萤
就在,父亲安详的地方

举起沉浮
游走在眼前一幕幕黑白
起点终点过渡
神话现实
灵动着一座山的沉默
从一块老去的石头里
血红的印戳
坐实今天的底座

在春天的门口
翻阅遥远的天空与天涯
失忆的风
浪过一次又一次
就在,父亲微笑的地方
灵魂的手
捡起一只丢失的影子

对接一束光

一种分离
一种团聚
落日续写着人间哲学
将眸光近距离交叠
梦混淆着现实

曾经的云朵疲惫地追月
变色的天空
雨与风,此起彼伏
敲打在草上
敲打在绽放的梅花间
迂回地命名着美丽的包装

翻阅过黎明前的黑暗
对接一束光
盖上同一出厂的印戳
与明朗的春天
结伴

春分,在父亲的背影里

还未到春天的中点
一个子夜
举起白色
灵魂里的小孩儿
失去了心灵的依靠
空荡荡
塞满似乎停滞的眸光

点一炷香
向遥远的彼岸
拨打一通没有方向的电话
不经意间
从云朵那边落下
一滴滴无声的隐形泪珠
暗渡心尖

风在流浪
寻找春天发芽的歌
沙滩大海
曾经的岸柳与涛声
曾经的歌
在父亲的背影里
紧紧地将中年的沉思加长

灯光挂牵的名字

一个春暖花开的季节
沉重的梦
挤压着老去的呼吸
记忆的边缘
再见,有着不同的解读
喜欢的
只能虚拟一个世界
似乎穷尽想象

清明的站台
在这一轮,必将有新的仪式
陌生与熟悉的词汇
与野草
与洁白的花朵儿
与落下的雨
或许,给予欣慰的喧嚣
只想换回
一枚温润的祝福

人至中年,一个个
从浪涛的波段里返乡
走进共同的星空
在月亮河自然地画圈
伟大的慈祥
让微笑传递信息
饱满着
灯光挂牵的名字

春天继续野生着

春天继续野生着
来自远方的风,也继续吹
问候重叠
仪式上,有小草小花
落叶已被清除
有目光的地方
在移动的轨道上,枯萎复活

料峭春寒
在绿色的海洋,悄然抵达
哭过的音乐
早已化作天堂的赞歌
在你和你的血液向往的地方
足够让一串串春联
在寻常的时空
传说成故事的封面

软与硬的翅膀
撬动于梦想萌芽的缝隙
与犁铧与记忆中的老黄牛
一席之地
灵感对应
深深浅浅地撇捺
解读曾经坚信的永恒

姿态

一个大白天的春
不同的姓氏在灯光下分行
认真地思考着打开的行囊
绿芽，等候长高的方向

阳光在窗外疲软
似乎在听从天空
来自黑夜的沉重交代
有一种姿态
塞满了一壶水的清澈
在心中
寄给一个高高的远方

还在成长的情绪
此时，如同刚落地的海绵
对水失去原则
使劲撑着
最后，挣扎

了结纸上的传说

一把刀
将日子切割
阳光也在白天心悸地流走
丢失的微笑
长出腥味的绿色

颠簸在岁月的长河
一叶扁舟
无法找到晴朗的沙滩与海鸥
独守一场幽梦
了结纸上的传说
去重温
童年断断续续的梦幻

清明跟春天一起上路
受伤的翅膀
向大地鞠躬
捡起一声哀叹
再次,霜白了时光的末梢

当灵魂在黑夜的岩石上撞击

当灵魂在黑夜的岩石上撞击
一湖清澈
就开始浑浊一个孤独的世界
黎明还在惺忪
远方,已准备好清明的田庄

已忘记雨的姓氏
如同最熟悉却走丢的张三李四
正在用心去寻找家厝
念叨着童年的乡愁
此时,心中的挂牵
还在路上,漫画式地迂回

正在一个不小心的时空
我看见,曾经淤积的泥
被一双从冬天里来的脚
打了几个洞
撼动着,活在身边的花开春暖

捡一幕天晴

倾听陌生的鸟鸣
捡一幕天晴
贪婪地搜集窗外的阳光
以满足曾囚禁在雨中的欲望
在阳光的温室里
调一勺人间烟火

在春天丰满起来的榕树
枝叶还轻沾泪珠
与时间的关切
一起在跨越时空的隧道,遇见
正跳动暖心的探戈
此时
似乎看到可爱活脱的音符
直奔胸前

在午后开始叫春
扛在肩膀上的青发,无声承诺
长出的杂草
会在夕阳落山之前
被一把小斧头儿
彻底地清除
然后,还原记忆的原始底色

清醒的糊涂

雨在眸光的前方
行走着,一个醒着的姿态
包装的通透
在春天的文字上
激起冬天的明显褶皱

习惯性的顽疾
在记忆的脸上
也在虚拟的旮旯处发芽
过滤的词汇
美化黑白的彩色
四个角的天空
沉默着一个燃烧的炉火
序幕的灵魂
在抒写着或方或圆的小说

一盏灯,一个人
一个人,一盏灯
谁是谁的彼岸
长大的春风
还在续写,清醒的糊涂

阅春的思念

此时，一曲深情的旋律
越过高山
擦肩大海
迂回地飘入阅春的思念
超然了一叶朱红
与曾经的梦，一起沁香
幕幕流连

恍惚间
入住无边的辽阔
你和你的世界
将白云深处的想象
等同于雪季里的自由飞翔
料峭后的温暖
只感动着，心中虚拟的蜡梅
时光咀嚼
有记忆的种子
宁静地匹配你的心田

独处于绿叶与鲜花之外
用阳光的姿态
在纸上耕耘
睁开时间的眼睛
你和你的影子
沉醉于一曲旋律的深情

早起的鸟儿

早起的鸟儿
用自己的方言
叫春
似乎在喊着我尘封的乳名
撞上了遇见的流年

火焰树
举起零星的火焰
怀旧,元宵节灿烂的喧嚣
也有落花
平躺于潮湿的路面
似乎在代言沉默的缺憾

此时
蓝天白云还在梦中
还在眸光之外
而惺忪的脚下
有着,我与老路的鸟语花香

拧着人间烟火

丰满的渴望
如同烧开的水
还在锅里沸腾
我一脸宁静
摁动熄火的按键
着急地降温

时间内外的
生命,包括小花小草
在各自的领域里
如期地逢春
来自内心的成长
欲望,拥挤着茂盛的大地

活在一条喜欢的老路上
拧着人间烟火
从一头走向另一头
填涂归宿
春天的彼岸花
在心中装睡

鸟儿从梦中醒来

鸟儿从梦中醒来
叽喳叫着
我点一炷香
对着镜框里的父亲
默默地请安

此时
还在长大的春天
盛开的鲜花
拥挤的绿色
不一而足
笃定着厚实着
密集的陀螺
珍贵的落叶
在风雨中的姿态
早往记忆的深处
扎根

复制着平凡的霜白
同样的颜色
去了包装
以无声的平仄
将父亲的生命延长

名字里有一座山

累了,就化作一只小鸟
在大树上
看着蓝天与白云
倾听风经过大山的声音
幸福地
等候自己的影子

以水的姿态
去翻阅心中的汪洋大海
巨浪与礁石的口号
厚实了翅膀
雷鸣电闪
无法撼动
温暖的血液铁定的心

时光的季节,会变脸
而自从母亲那里复制出来
我就成了春天的种子
早就有了碰撞的名字
名字里有一座山
在迎接,日子的轮回

春的重叠

通向校园的路
长的短的弯的曲的
它们，演绎书香
投入的桃李芬芳
正驮着远方的梦想
驰骋于太阳底下
而春的重叠
无法分清彼此的界线

白天最后的钟声，落地
校园的空白处
跟体育有关的项目
自由地分开
窗内
有坐着的孩子
涂鸦着奢侈的宁静

目送了夕阳
捧着晚春的热情，拔节
踩上夜色
淡出诗人眸光里的月亮
又迈入校园
与窗内对接
一幕幕拥挤的希望

与春风有约

看似平坦的路
上坡与下坡的哲学
少不了,母亲的唠叨
与春风有约
从梧桐树的身上
阅读到剃度后的丰满

柳条对着平静的湖水
与泛起的涟漪含情脉脉
从岸上到湖心
虚拟着大鱼小鱼的丰收
而长出来的失落
似乎又在吻合再见的夕阳

中年遇见晚春
从纸上阳光再到路灯下的迷茫
混淆了桃李的花语
奔走在路上
捧着诗心
却憧憬与春风有约

风中细语

春天有看不完的绿叶
拥挤的声音
着急了零星的枯黄
喧嚣后的落花
依旧向往吻别的阳光

高楼与高楼之间的缝隙
伸长脖子的
那是长不出新芽的事物
守在身边的小草
风中细语
诉说着对故乡的怀旧

流浪的一群鸟儿叽叽喳喳
路过的眸光
好奇地解读它们的方言
解读它们翅膀上的灿烂
欢喜，拼凑中

思念与春天一起成长

那个低沉而墨黑的子夜
没有钟声
气息的河流
抵达了呼吸的彼岸
化成句号
在哽咽中
被时光永远地带走

洁白的长龙
燃烧的离别
以一炷香的名义
血脉相传
茶与酒热情地摆设
老地方的空椅子
在梦幻中打捞慈祥

思念与春天一起成长
季节的桃李
在天堂的外面
缕缕芬芳
深藏着，父亲对故土的沁香

暮春

坐在春天里的小草
复活了在冬天沦陷的亲人
旮旯缝隙
绿得有模有样

狗尾巴草也是草
在邻居的地盘
毫不客气地举着被遗忘的洁白
诱惑孤独的彩蝶
从早到晚，喊着结痂的名字

一条虫
加入春天的队伍
靠着阳光牵着阳光的手
拎着包，匍匐向前

文字拼凑的柳絮

翻阅了日出日落
向着一个个虚拟的彼岸
从低潮到高潮
悬空与滑落
又是一首习惯的歌
走向四方

这样那样的长势
在枝头上,也有包装的繁荣
就算是偶遇的虫眼
它们,终归泄密缺席的理由
忘却了料峭的承诺
或将
丢失一个完整的春天

在岁月的流水中
岸上的人,讲述着捕鱼者的故事
太阳底下的补丁
依旧让一张张网失落
文字拼凑的柳絮
此时,正在嘀咕眸光里的庄园

擦肩而过

还没读懂春天的故事
绿叶与花的盛情
已在暮春的站台上,改名换姓
不管风是否吹过
与它,均活成彼此的过客

痛与享受的认知
就喜欢,在舍弃的哲学中计较
冲浪了
跳出旋涡
重生的挣扎与叫喊
邂逅依旧涛声
与沙滩与小贝壳
小酌,一杯岸上的宁静

处于时间的底座,让心飞翔
奔跑的希望
往白云深处,狠狠地延伸
叠加的包袱放下
擦肩而过的
就当作,未成熟的翅膀

羽毛之外

静默
是在沉淀活过的日子
从文字里站起来的风景
有阳光
热情地给现实着色

车流
在谈论翅膀与天空的时候
羽毛之外的故事
在阳光遗忘的地方
被黑色淹没

春天走到尽头
绿色还在痴情地延续
拔节与饱满
纷纷地接迎接第一声蝉鸣

别了夕阳

选择目送的方式
别了夕阳
与野长的鬼针草一起
在宁静中
将洁白的沉思压低

被雨卸下的落叶
在夜的门口
翘首迷茫
似乎在掂量曾经的枝头
曾经的阳光

谁妥协于暮春的夜色
涂鸦一段
混淆起点和终点的誓言
风轻轻地吹过
惊醒了,刚刚入睡的鸟儿

谷雨

守住春天的初心
怀旧过去
承前启后
饱满着明天的预期

重叠
搞不清楚日子的真谛
留恋春的喧嚣
花开
总有自己喜欢的故事

清瘦与丰满
剃度的解读有曾经的付出
沉淀的宁静
依旧是曾经野生的成熟稻谷的
深情

书香的颜色

与花草树木等事物一样
落日之后
在黑色的世界里
被格式化的时候
也习惯地表达着个性
书香的颜色
总在勾勒最美的画卷

陀螺的乐趣
接续着,源于杏坛的遇见
如同逢春的种子
势必破土
终归在一个懂事的季节
成熟
或长成一棵棵树的茂盛
或张开一双属于天空的翅膀

感恩岁月
深耕在有记忆的大地
一个个今天
缘定缘生
就用文字的道具
将园丁的属性
雕琢为一生难忘的动词

春风春雨还在春天做东

阳光饱满了一片大地
遮挡物
独自在风的手上抒情
高楼间的小方格
虚拟的太阳
无法填充
眸光之外，难以测量的空洞

腐蚀与枯瘦
彻底地改变一盆玉兰的容颜
曾经以文字的形式飘洒
怦然心动的记忆
已在纸上泛黄
捏起硬化的泥块
留恋着
来自手心的点点滴滴

春风春雨还在春天做东
花开花落
代言生与死的关系
在一个放飞风筝的日子
轻盈地出发
寻常的心跳
依旧与小草如约地同声同频

春天长在被遗忘的墙面

谁都别想蒙住阳光的眼睛
从黎明出生开始
大地上的若干元素
会被揭开面纱
尤其是不爱露脸的事物

隐退的老屋还在守望乡愁
风雨来过
阔别的游子在纸面上
也曾给予画意抒情
时过境迁
总喜欢考验老去的记忆

假想着给时间按下暂停键
用好奇的眼光
从岁月的百度里搜索故乡
而被遗忘墙面
竟然,摆弄着绿色的春天

一缕春风

轻轻地凉凉的
随时随地,细腻地相拥
陪伴在窗内
在路的丈量中呢喃
夜色世界
会带走,梦里的酸甜苦辣

白云在远方自由
蓝天喜欢微笑
从山谷里爬出来的事物
迂回与盘旋
总用赤脚扛着方向
在枝头上飘摇
在无语中喧嚣

春天里有春风
欲望,不同于绿色的贪婪
一缕春风
捎来的柔情
足以填平坎坷
让人看不出,虚假的包装

打理春天

低头翻阅田地的犁铧
热情地打理春天
让汗水代言
执着地
挣一个不老的青春

布谷鸟
撞击着吉他与二胡的五线谱
旋律上的花蕊
诱惑着痴情的彩蝶
与岸边花草邻居
联欢
布下欣欣向荣

蓝天白云
着急地分享雨过天晴
默契亲昵
似一对恋人
甜甜地扛起
属于故乡的遥远承诺

第二辑 花

我喜欢花开的模样

在窗内

一朵花,清新艳丽

不计较阳光多寡

如期绽放

建构青春

——《一朵花,开在晨光里》

缺口

精选一个心仪的盆
忽略盆里的主角
绿叶花红
被遗弃在喧嚣之外
摆设
虚拟着生活

花是开了
无须估量它鲜艳的时长
凋零是命运归宿
成熟的果实
在季节深处
又有谁懂得品尝

日子
并非简单的黑白美丑
如同花开

入夏

天空放晴了
入夏的绿色
在成熟中猛长
几只麻雀在分行的电线上
如同跳动的音符
歌唱

上年纪的老榕树
伸了伸懒腰
轻摆着手
无名的风在枝叶中捉迷藏
熟悉的过客
叫不出你的名

阳光翻倍增加
从黎明开始
热情地扮演夏的使者
把温暖向大地传递
直抵你的心扉

立夏

入校园,朱顶红吹着喇叭
声音谁也听不到
我能想象花开的力量

布谷鸟飞过
跟我打招呼,喊着我的名字
我却看不清它真面孔

风在阳光下沉默
过客,用单薄衣着告诉了我
夏天已走到家门口

火焰树

火焰树举起一束束火焰
去接近
却感受不到光和热
而奔跑的激情
会被瞬间点燃

梧桐树骨架
在立夏温暖的家
绿装佩戴浅黄
此时
谁也无法想象
它曾经的瘦骨嶙峋
你看
三五个花苞
也正在聚集所有的力量
一定是在找准机会
彻底地绽放

有些时候
走出去
敞开心扉
与对面的花花草草对话
独处的黑白
也会长出阳光的花朵

两只蝴蝶

经过谈判
黏稠而纠结的雨悄然离去
时空交给太阳
天晴朗了
心不再迷茫

此时
鬼针草晃着小小的花帽
海棠花张开笑脸
麻雀在电线上训练弹跳
小猫小狗
冲着影子摆弄神色
两只雪白蝴蝶
忽高忽低
似乎在寻找什么

恍惚间
传来《两只蝴蝶》曾经的歌
我心跳加快
脚步放缓
日子有了诗与远方

塑料花

用虚拟的艺术
以花的名义登堂入室
一张固定的面孔
将自己活成永恒

无须浇灌
对于阳光雨露不感兴趣
谈不上花香
僵化的笑脸
夸张成美丽的长相

谁不知道
塑料花并不是花
而又是谁
以此作为身边的炫耀

清晨

小品相声快板独唱
晨鸟与知了
于黎明
在时间的对面
在我的周末
交互地为晴朗联欢

此时
一个又一个拼凑的梦
在晨光中离去
而来自窗外的明媚
盛情邀约
让我从心放空
去接纳
夏至的喧嚣

从枝头上掉落的花朵
似乎想站起来
变色的它们
张开最后的笑脸
很是安然
我好想演上一个节目
此刻就为它们放歌

一枚黑色修辞

一枚黑色修辞
为凹凸坎坷打掩护
脚的平仄
等候一个善良的邮差
让光抵达

光拼凑了白天
玉兰花表达纯洁
玫瑰半隐利剑
鬼针草野着小花骨朵儿
大雁飞过
彩蝶于花间徘徊
频频掉下眼神

黑白与彩色在做加减
光会出现
也会不辞而别
得与失
情绪的风景
会随时谢幕

遗留的时光

阳光雨露沃土
无法让一朵花的灿烂永恒
而遗留的时光
会有更多的含苞待放

留恋青春
静止在中年的记忆里
也在相邻的绽放中
复制童心
于冰冷的霜白前
若隐若现

流年自带照相机
底片
不管黑白还是彩色
遗留的时光
迟早都会来一次
彻底审判

夏堇的颜值

紫青色桃红色蓝紫色
一盆盆
刚结识的夏堇
于陌生的路边抬头
似乎在等候什么

到站的眸光
问候夏堇
与遇见的风握了握手
蝉鸣是音乐背景
若隐若现
情愫同属夏日的管辖

黄昏后的流年
走过了小暑
夹带着混淆冬天的雪白
一杯茶的工夫
敢想记住
夏堇萌动的颜值

且听风吟

有一座
设计师笔下的森林公园
将自然山水也模拟上
此时
潺潺流水
还连接着路过的心跳

席坐
一些风
于影子的缝隙中
迂回
附着林家李家的代号
贴上彩色标签
通向了思想的端口

那一棵
上了年纪的老榕树
它来自小山村
被升格在森林公园的
咽喉
每一次遇见
它都若有所思地
且听风吟

爬过栅栏的喇叭花

与老屋
一起守住长不大的乡愁
而长短不一的栅栏
是它生命与希望的阶梯

落地生根
它不喜欢坐井观天
只要有一丝机遇便顺势而为
以喇叭的姿态表达
一颗向上的心

流年让老屋与栅栏
清瘦骨感
而它用紫的粉的红的花朵
耐心地讲述着
每个动人的日子

高远的天空

向日葵以名字
表达着对太阳的崇拜
高远的天空
住着太阳
她把大地普照成白天

大雁喜鹊小燕子白天鹅
忽上忽下
轮番上阵
执着于用翅膀去询问
天空的高远

黑夜充满传奇色彩
高远的天空
住着月亮
她用圆与缺
变幻着爱与情的委婉传说
一个个星座
都想对号入座
借此想象前因后果

山那边

山那边
蜿蜒还攀岩
人与车一起玩着刺激的心跳
彩色的声音
在云端上穿梭

第一次遇见真正的雪白
就在山那边
大树小树连成片
举起层层的雪花
除了青松
我还认得新结交的蜡梅花

上山容易下山难
那时
我收起一双受伤的脚
在山那边
站在巨人的肩膀上
仰视巅峰上一弯月亮

一朵花,开在晨光里

我离开梦境
一朵花,开在晨光里
如最美的遇见
她用眼神
打开日子的大门

我喜欢花开的模样
在窗内
一朵花,清新艳丽
不计较阳光多寡
如期绽放
建构青春

一朵花,开在晨光里
她起得比我早
不渴望雨露
仅满足于
手下的点点滴滴

虚掩的门

流年里的出口处
开和关
风声雨声总会顶撞宁静
此时
贪恋一束光
虚掩的门
让独处的触角探头

狗尾巴草与自己的花语
在秋天边缘
在每一次遇见的门缝里
细长腰杆挺不直
晴朗之下
倾听天高云淡
咀嚼来自喧嚣的杂陈五味

悬浮于山巅与大海之上
那些没有棱角的云
似马非马
时不时地背靠蓝色
在年轮分界线
玩弄着
不同于狗尾巴草的
真假从容

一棵野树

一棵叫不出名的野树
与大山并列
风雨中
它使劲拔节
虚拟的泪花
它独自消化
并在季节深处
诠释叶茂与根深

曾经
或是被遗忘的种子
在年轮的记忆里
它不问沃土与贫瘠
读懂四季
珍惜一滴水一束光
然后举起绿色
让青春如期更替

泥与沙的味道
它用深耕的根委曲收藏
面对高耸的山峰
它无心比试高低
那绿芽破土的激情
冲破冬天的冻结

将你的流年记成永恒

又是一步两步三步
黎明之后
去倾听秋风
照顾着老路的感受
脚
迈入了今天

曾经还在
火焰树上的火焰
燃烧一棵树的激情
与果实与味蕾无关
你抬头
收获了凝视的共鸣
就在太阳底下

原创的影子
似乎与梦里的彼岸
预先有谋
在秋天的眸光里寻找秋天
让遇见
将你的流年记成永恒

秋实

金色黄色红色粉色
在秋的尾巴
爬上
一枚枚上桌的果实
往季节的最深处
沁香,着实迷醉
也将你的味蕾带上

从梦里走出来的桂花
让香甜重返多情的时光
同圆蛋糕
在太阳升起的地方
长出了
最暖心的祝福

冬天会在秋的对面
沉默
用文字编织贴心棉袄
开花结果
在今秋遇见
与草木的世界一起
共生秋实

又是一季秋风凉

最新的日子
翻开
夏的热劲过去了
秋老虎已成为纸上概念
跟随黎明而来的风
清凉

一枚又一枚落叶
让我看到成熟
看到未曾有过的坦然
每次遇见
我似乎看到轮回
而不是
一季的秋风凉

风是有主见的
不管来自哪个方向
我总想管住别扭的脚
踩实
去倾听来自秋天
在风里
那别样的花开

深秋,晚熟的季节

从春天走来的希望
一枚绿色
一束鲜花
所有深与浅的化身
在时间的背后
艰难熬过

成熟与成熟不同
在太阳的聚光里呼吸
远近芳香
是谁在守候
又是谁赋予生命意义
一幕金色
被收入小草的仰望

冬天终归会有一把火
燃烧并非普通的释放
而是心与心
将岁月的积淀
真情升华

长不大的绿萝

独享时空的透明
期待着
来自指尖的滋润
守住安静
与绿色对话
或是不去假想
远远近近的花果飘香

日出日落的距离
每一次填充
在弯曲中迂回
片片微薄向上
不过问眼光的高与低
料峭流年
依旧关情点点

岁月喜欢用眼睛说话
那长不大的绿萝
自我倾听
无言拔节,从不掩盖
根与根的交错
只用心
举起清一色的单纯

秋天的印戳

一棵老榕树的体量
你无法估算
它们绿色的宽度与厚度
黎明前的剃度
接纳着岁月轮回
是主角
还是时空边缘
风在问我

桂花树从纸上降落
点点串串
都是会说话的名字
让空气染上香甜
似梦又不是梦
从远方延伸
将我的心渐渐填满

秋天的站台即将谢幕
成熟与收成
又被热情包装
走出习惯的独处
我看到了
在最完美的渡口
丹红印戳
写着我最喜欢的名字

秋天的永恒

枫叶为谁脸红
在山中喊秋
桂花又为了谁
黄里飘香
此时
站在中年的十字路口
我举起了童年问号

在我熟悉的世界里
带刺的三角梅
混淆了季节
总有一些听话的叶片儿
拼凑着让人心跳的花仙
薄薄地抒情
带上秋的成熟
撒向最寻常的眷念

恍惚间
雏菊还在老地方
独处
看不到彩色的亲密跟从
而它的花语
却在陀螺的世界里微笑
在那里
我看到了
秋天的永恒

时间刻度

时间拿出尺子
从不放过真实的丈量
你的现实在哪个尺度
并非在你心中
而是客观存在于
数不清的镜子

平躺还是躺平
对于委曲对于感恩的回报
每一幕表现
从容与迷茫
植根在不争的脚下
纸上优劣
白云深处对接意外的想象

太阳与时间密谋
释放的光从不提前定义
一棵小小雏菊
一瞬传说的昙花
最美的象征
稀罕的心动
常常找不到固定的时间刻度

秋风，没有眼泪

脚与落叶在路上拥挤
生产过花果的树
似乎还想象着坐月子
未满足的情绪
挂在枝头
问风
也问路过的你

重阳是过去了
风被季节的心事挤干
守候在每一个路口
这深秋
你已经站了很久
看不到它的眼泪

高山大海沙漠草原
天长地久的修辞
总喜欢在最小的心中装下
让根深的梦
与秋风一样
留住没有眼泪的流年

该降温了

酷夏秋老虎被列入曾经
类似的热情
不管多么坚持
无须多想
也走到了冬天的路口
带刺的三角梅
似乎还想掩盖什么

阳光依旧是黎明的主角
而此时
窗外又似乎举着冰刀
男女老少的唠叨
不一而足地指向降温
变化中的风景
从短袖到长袖
用适合自己的方式
去重温厚薄学

是该降温了
残冬并不可怕
厚薄与长短
难以改变季节里的人
料峭孕育力量
边缘上的小草
早已在地底做足根的文章

追光

单薄在绵长的日子里
书写发白的成长
落叶与风
表演着季节的归宿
斑斓的夜色
秋已知道

对于花开花落的时节
青春的声音
留下了问号
在一个潮湿的仪式
闪现的微光
曾被当作
最后的一根稻草

深埋下丰满的假设
跟着磐石般的努力
强与弱
念向远方的广袤
翅膀的心思
朝圣光清澈的永恒

那一片流云

怀揣着秋的心事
树瘦了
草也减肥了
借黎明的眼睛
风景里的各种元素
抬头仰望
似乎在等候什么

晨霞
与高高在上的白云
我看不到它们的步伐
只想象纯洁
想象心胸的宽阔
此时,一曲心声
在灵魂的耳边回响

不经意间
与丰富的表情擦肩而过
清醒交给模糊
盯着那一片流云
心惊喜地敞亮了起来

我和深秋一起静坐

我和深秋一起静坐
盯着
窗外没有缝隙的阳光
一枚枚绿叶
频频摇头
似乎在暗示着什么

盆栽
看不到一座高楼的发白
我在高楼的中间
忘却了曾经的高度
窗外
还有不少空白
让鸟鸣自由回放

此时
风依旧是熟悉的过客
打招呼
满满的秋凉
如一杯沉淀的茶
看不出曾经历过的翻腾

时间以为它赢了

在眸光背后
从最底下破坏平衡
霜白是被剃度的小小疯狂
或许
时间以为它赢了

没有终点的岁月
起点再生起点
一枚喜欢的修辞
将中年素描
黎明的第一声鸟鸣
唤醒了梦的双脚
与夜色赛跑
风作为最直接的观众
四季掌声
三叶草在微笑

别以为时间它赢了
秋再凉
冬也将会料峭
而记忆的喜庆与丰收
已提前
在时间的殿堂举杯

风景独好

此时
枫叶竖起了拇指
向季节点赞
一张张红透的脸
让一座山美美地喜庆

松柏挺直腰杆
向远方敬礼
似乎在铭记与感恩过去
一滴热泪
于绿叶上晶莹
自然着幸福的幸福

三角梅与四季对接
不再挑剔
它们收起刺头儿
迎候着
来自高山来自太阳
最贴心的问候

立冬

一条最熟悉的路上
阳光依旧
洒下的温暖
似乎与立冬无关
那几枚落叶
早已在眸光的深处定格
没有半点忧伤

异木棉与三角梅
在路的两边以花的名义
摆摊
点亮着别样的鲜艳
去较真远方的蜡梅
此时
你看不到翅膀虚假的翱翔

恍惚间
成熟的霜白被轻轻撩动
风伸出无形的手
往发间刺探
或是为料峭打前阵
谁又嘀咕
那野草
不会在冬天里冬眠

冬的静默

立冬
会加快绿色斑驳
记忆的经验在提醒着
走过黎明
热情的阳光
又敞亮我的心胸
会有异木棉花开的声音

在远方的现实世界
我听到雪花接续地绽放
毫无保留
洁白,那是我早已喜欢的单纯
那是我梦中的化蝶

在夜深人静的时候
我在咀嚼
曾经的冬天曾经的刺骨
它与蜡梅一起
组成我独处的清瘦

山仍在抬头
花草树木也各自根深
听说过冬眠的因果
而我的挂牵
会在灵魂与思想的深处
静默地发芽

在一枚绿叶的经络上

此时
在一枚绿叶的经络上
阳光解读轮回
鸟儿雀跃地结对子
对日子抒情

恍惚间
有风声出入喇叭的咽喉
为玫瑰红唱赞歌
这样那样的面部符号
合理组合
在最温馨的流年里绽放

冬天里坐着阳光的伺候
没有方向的料峭
在已经和曾经之间打问号
而三叶草却在眸光的脊梁上
修辞三行诗的书香

天空有高远的理由

步入冬天的世界
贪恋最近的绿色与温暖
一只麻雀
一双翅膀
站在枝条的岔口
弯腰

天空有高远的理由
仰望
羡慕飞翔
在清闲的缝隙
寻找喧嚣的距离
点点滴滴的挂牵
心头依旧占据晴朗

云层视阙
脚步没有因夜色
落下句号
来自心扉的感叹
风景底部
谁在环顾
压箱石的眼光

以根的生命

站在芳华过后
听不到它抖动的声音
自我瘦身
与最熟悉的地儿
宁静对话

蒲公英的种子
带着梦想
在默契的机会里
早已在眷念的远方
落地
以根的生命
接续穿越时空隧道

花香与绿叶相拥
在阳光下
彼此微笑
收藏起曾经的约定
此时记牢的
已不是虚拟的云烟

起风了

对话一场梦的工夫
冬日暖阳
被彻底清零
走向霜冷的记忆
被突兀唤醒

大树小树还想挺直
而风的手
正圈圈发飙
一枚枚树叶
平等地摇头晃脑
飘零地
成为风的道具

起风了
脚与大地上的道路
重新考虑彼此的默契
陪伴的伞
只能收起骨头

与冬天有约

不去谈论冷月背后的故事
在落叶的平躺中
去读懂种子
读懂耕耘的根
深深浅浅
撑起来的每一枚叶子
仍在轮回

季节的喜好
冷暖写在大地上
在地上长出来的花花草草
胴体的四周
冬天的荒凉与严寒
记忆已经完全替换
模糊的颤抖

菊花鸡冠花三角梅的笑脸
守住承诺
站在眸光抵达的地方
与冬天有约
即使没有夸张的芳香
自然的彩色
接续地荡起温暖的涟漪

一枚树叶

一双脚的梦
总在风吹过的地方出入
沟沟坎坎
造成了脚的坚定与迷茫
梦的三围
渐渐地瘦了下来

冬天的窗外
一枚树叶
朝向稀罕的阳光
从树上到树下
来不及见证一双脚的长相
仅存的芳华
在大地上画圈
再大的句号
器乐也只能复制赞歌

在梦里
我曾经将脚当作树叶
如翅膀飞翔
带上灵魂去乐园
去老家的小屋
与奶奶一起戏说蓝天

风找不到方向

风找不到方向
宁静得如同离开了人间
一湖水
开始在思考雁过留声
而蜻蜓接续点水

好奇于脚印的重复
阳光没有遗漏
不间断地在静默中被收集
一曲二泉映月
恍惚间
将半路上的风景激活

此时
上山下山爬坡过坎
静坐湖边回忆
丝丝涟漪
在心中缓缓地停顿

背后

早早地看到阳光的灿烂
温暖的记忆重启
而看不见的霜
不间断地从指尖流过

一棵棵路边的树
叶子摆动着自己的姿态
与风向有关
与各自己的位置有关
路过的你
只能看到或真或假的表象

裸露的枝头儿
寻找有依靠的阳光
自个取暖
收藏霜冷背后的舒坦

冬天里的一抹绿色

窗外
高高低低的树枝
一枚枚叶子
私自替换青春
或许因强烈的求同心理
别样的潇洒飘零
占据风景的主角

窗内
一个耀眼的角落
一抹绿色
谈论着南北通透的哲学
这被命名的绿萝
浸泡了一湖冬的清凉
温暖让心解读
渴望青春
自由地畅想一生春色

心中
在有阳光的日子里
无论荒漠草原
淡出阴阳
半隐来自灵魂深处的神情
恰似一抹绿色

攀附

黎明钟声醒来
落叶已被垃圾车带走
分类或燃烧
活着的
或将会找个理由善待
你不用虚拟
它们另一个世界的因果

从小到大
习惯于在绿色中成长
在夜色管辖下
又有谁
一边嫌弃一边唠叨
而黎明后
又是谁
借助岁月的刀瘦身
在他人喜欢的文字里
提前让一枚如同落叶的肢体
残缺

曾经
庆幸满地阳光
从生命最肤浅的表面
光合作用
再粗壮拔节
攀附地盘上的辉煌
而此时
蹦蹦跳跳的麻雀
早就知道
什么才是真正的活着

封存一枚念想

沉默一段时间的火焰树
在年轻的时间里
着装血色
举起串串喜庆
迎候返乡的表情包

行囊
大与小
所有的长相均牵挂着伸长的霜白
在黎明前在夕阳下
会倾泻而出的
注定是没有装饰的方言
最想拥抱的
还是曾经许诺的感叹号

此时
谁将大大小小的记忆打包
封存一枚念想
于冬天面前
让紫的红的白的鲜花
专属代言
以喜迎新春
去温暖时间奔跑的触角

阳台

将心情与鲜花
一起摆放
往拔节的枝干敬礼
恍惚间
看到了种子当初的承诺

晾衣架
于风中扭着胳膊
衣服上露出轻松的棱角
鞠躬阳光
神秘的笑靥
在无言的时间里
若隐若现

起起落落
满足于一个阳台的空旷
心跳的旋律
听从于绿叶的正面朝向
假想的青春
即时地放远起航

清瘦的时空

结痂的理性
被时间的刺再次划破
一滴血
制造一场矛与盾的对决
让孤独疯狂

清瘦的时空
放飞铃声
朝向阳光张开拥抱
如落大海
零碎成数不清的浪花
无法命名的泪珠
还没长大
就被风带走

归途找不到谜底
火红的鲜花
边缘于天堂与地狱
路过的阴霾
蒙蔽了流星的约定
撇捺人生
又扛出赤裸的问号

被遗忘的滋味

太阳还没落山
涛声依旧
从冬天里走过来的三角梅
带着刺的花儿
与桃李各自芬芳

温室内
意外的风光在墙之外
透风的贪婪
仅仅停留在梦中
月亮在现实与虚拟之间
填写想象
忽悠了纸上的泥人

日子带走一个空瓶
茶香如浮云
摘一朵三角梅的瓣
正如独处的时候
重温着
被遗忘的滋味

在岁月的经络里行走

将中年压缩
在岁月的经络里行走
热血与冷汗
在遇见的时候碰撞
有一种忘不了的痛
抹不掉

扛起日子的分量
再强烈的风,吹不动也抢不了
根,还在意外地扎深
一个疲倦的曾经
于时光缝隙
延续着还在发芽的生命

太阳总会落山
黎明必须堂堂正正地站起来
小花小草
在无人问津的地方
想象着白云的歌声
挪动,注定是合理的意愿

第三辑　夜

今夜
举着风平浪静的问候
于夜听涛
花开在等候多情的阳光
如若灵感醒来了
就坐在梦的肩膀上
邀约诗行

——《写给夜色》

萤火虫

无法估量它的大小
残缺月色里
不与遥远的星星攀比
只带你想象

微光点点
与你的目光交互
孤独与孤独的喧嚣
黑夜中亮出希望

有它的夜色
不想说再见
入眠后
梦里都是它的光

云里有一匹马

遥远的天边
当阳光笑得灿烂的时候
有匹白马
腾云而看不出驾雾
背着蓝天潇洒
很诱人

当雷电交加的时候
低垂的云
总会出现黑色的烈马
惊天动地
将天河的堤岸踩踏
湿润大地

等到夜深人静
云已彻底地离开我的视线
而此时
不管出现白马还是黑马
都如同消失的泡沫
我无从过问

暮归

看不到晚霞
无法想象
夜色中是否有月光
一栋栋楼房自上而下
被雾气包围
看不清它们原有的棱角

叫不出名字的孤鸟
飞越操场
无心回眸一场球赛
不食人间烟火
或许
它深知亲人的牵念
心盼归

举头环视
一些没有定性的目光
遇见了
熟悉与陌生的交换
皆无语
就如同暮下的孤鸟

靠近一个窗口

此时
风依旧到处都是
流浪与玩耍
在夏天
你都需要
它那款款的清凉

夜色还在路上
云朵
变着魔术
牛羊猪狗大树小树
形状迎合你的想象

靠近一个窗口
你将眸光给了远方
心事
从脚底下沉淀
植下根
站起了半遮封面

把耳朵叫醒

月亮是露脸了
将光无私地投向大地
没有边际的夜色
仍然模糊着花草

夜色中行走
你是自己的提灯人
心中一抹红
沿着被认可的路
来来去去
遇见与被遇见
不小心
会悄悄走进日子的深处

歌声蛙声
都是喧嚣里的角色
每一处十字路口
你得把装睡的耳朵叫醒

月光落在手心

十五的月亮处处留情
天涯海角
会唤醒孤影儿
在心中
重新播放
曾经风与风的浪漫

大街小巷
区分着高楼与高楼
路灯的明光
比月亮更加亲切
知了下班了
而深藏于背后的影子
似乎
又推着你
向前走

这干燥的夜色
在夏天
比往常喧嚣许多
露天广场
草坪边
你沉默为夜的元素
凝视着
落在手心上的薄薄月光

倾听夜色

一段路
从蓝天出发
在夜色中延长
一首歌
贴上历史的最美标签
浪漫着夜色的褶皱

夜色依旧
没有鲜花的掌声
无须奔放的仪式
有一种抒情
在风的指尖上跳舞
让眸光沉默
唤醒红尘的记忆

恍惚间
自己在葡萄的血液里疯狂
倾听夜色
随虚拟的梦魇吞吐
忘却了赛道上的黎明

匆匆

黑夜与黑夜
只有一个白天的距离
日出日落
有多少美好的邂逅
有多少意外的漩涡
我无从算计
只好将它们重叠成起点终点

昙花一现还可等待
落叶被风带走
绿叶又紧接吐芽
从青发到霜白
历经了多少流年
我始终是我

跨过生命中的一个个湍流
匆匆的匆匆
渡口在黑夜抑或白天
从容微笑,从未奢望
摘取星星月亮的梦想
从未痴情
追逐遥远火热的太阳

一杯月光

夜已深
一弯月还在高处
值班
陪伴繁星点点
无言的时间
生活的大门并没有关闭

岁月的酒
被谎言拒绝
一段零乱的音乐
写满似懂非懂的心事
机械重复
在指尖上流动
秋风路过
留下串串虚拟的清凉

坐实黑夜的低处
与自己
共饮一杯简单的月光
点亮宁静
将昨天交给昨天

旧时光

夜色连接
星星点点的每一处光
即使力不从心
依然透亮着丢失的想象

褪色旧照片
完全过期的微信截图
已找不回零碎记忆
此时
无须翻译左右心跳的表情包
守着禅意
再回眸
疲惫的脚印再次自由飞翔

秋还在秋里等候
若隐右现
说不出放不下的拼拼凑凑的旧时光
都叫曾经

听风

窗内与窗外隔一堵墙
季节染上色彩
与落叶有关的风
进进出出
也逃不了窗的眼睛

几丝跟不上脚步的风
犹豫地停留于窗边
把窗帘叫成沙哑
风过后
梦的触角
早已挫伤一地

倾听风的声音
喜欢在风过的岁月耕耘
忘却一叶飘零的因果
归根的宿命
是深扎于灵魂的河床

月念中秋

脚下
从黑发到白发
深深浅浅
早已无形的奠基
发力托举
类似于鱼与水的画意诗情
今日
又遇中秋

时间仍在身边保持沉默
圈内圈外的修辞
轻松与沉重
将被岁月的老酒
收回
三杯五杯
会醉了夜色
会痴想着摆渡迷人的梦幻

当下
也算入住中秋
今夜
月亮也是看不清楚你的容颜
而梦里梦外
一枚思念依旧与中秋有关
扎朵心花
就让它在今夜的纸上
绽放

昨夜有月光

包裹在记忆里的心事
曾被中秋划伤
翻阅夜色
一束光
读懂黑发与白发的界限

浅浅时光
在没有中秋的夜色
深深地遇见
一杯酒
一段情
与月光交错
真诚有了自由的坐标

秋在秋天里成熟
激情交给激情
满满喜庆
还在时间的宏伟殿堂
站成光的永恒

夜色熟悉

夜色熟悉
深情凝望
月光与星星的眼睛
重新过滤过往
将自己的挤压
解除
脚有些轻松

浑浊交给大海的辽阔
不过问涛尖汹涌
于平滑中
平静
虚虚实实的流萤
早已在碧波上
点亮夜色

风与风比画着界限
而最喜欢的背景底色
是没有包装的浪漫
一枚文字
一句问候
在似懂非懂页面
梦圆

理想的渡口

大海涛声依旧
高山携上花草入睡
坑坑洼洼地被伪装成障碍
道上行走
谁会成为谁的提灯人

月亮星星高高在上
而路灯霓虹稀罕流萤
将划破夜色
或扮演护花使者
或守住脚的方向

生命叠加的力量
也想着改变
夜色对夜色的同化
去不迷茫
在阳光里迟到的叹息

与黎明打过交道的人
最懂启明星的性格
朝圣举起的目标
穿过夜色
彼岸就是理想的渡口

独步

在日子包袱里弹琴
变与不变的旋律
听从指尖
随向双脚的拐点
深深浅浅
印迹变换着不同的符号

纸上的月亮星星
说是有情也无情
在夜的世界里点亮希望
提取迂回的记忆
黑白委曲
挂在风的脸上
与路边老梧桐共鸣
骨干也显几分茫然

风景正在彩色
去向谁与谁的远方
我选择独步
去靠近大海与高山
测量思想的体温

写给夜色

今夜
举着风平浪静的问候
于夜听涛
花开在等候多情的阳光
如若灵感醒来了
就坐在梦的肩膀上
邀约诗行

夜色会带走夜色
并在一个港湾鸟语花香
谁是谁的天使
谁为谁自觉地酣畅
一枚秋收的红印
必将在为拳拳之心
做永恒的代言

黎明
会从夜色里出来
忘不了包容的宁静
与痴情的落叶告别
那时
骨感上剩下的留白
或将去引申最可爱的细枝嫩芽

眸光抵达之处

眸光抵达之处
木麻黄还有咸咸的风
叫唤着童年
野着的玩伴
拼凑地
开始直抵异地的梦乡

多情的月亮比十五圆
一起听涛
漫步
于陌生与熟悉的港湾
眸光取悦着神秘
那无声的惬意

风不安分地挑逗霜白
似乎在翻着旧账
唤醒了
从荒漠到绿洲
那饱满而永恒的史诗
在灵魂的神殿升级

路灯又上班了

路灯又上班了
看到它淡定的眸光
我和自己的影子
一起撇捺
熟悉的三角梅
送来诗的朦胧

夜色有夜色的宁静
清凉的风
在打量时令的风度
它不去干涉
太阳的作息
而我保留着剩下的清瘦
去赏识倾听
最亲近的擦肩而过

扛着对岁月的承诺
轻盈与沉重
记忆没有说谎
路灯闪过
我还得继续咀嚼
没有封面的诗
那最深层处的骨头

落在月光里的声音

恍惚间
桂花的灿烂面孔
听从夜色
与眸光的欲望分离
还在远方
寻找梦里的浪漫

来自窗外的月光
又在老去的纸面上
书写想象
借助风的耳朵
翻译受伤的旋律

在夜色的怀抱
与诗的意境
与月光对话
而站在书里的那个人
还举着
高高在上的招牌
无声地宣讲

落日留下的语言

日落了
它恪守心中的规律
灵活伸缩
将相当的时空
分享给夜色去打理

在另一个适合自己的地方
阳光肯定依旧
灿烂的修辞
与对面的夜色同欢
里面站着
无法想象的重生与重逢

一处两处三处
指着星星
一群会做梦的少年
好奇着，正编织
星星与太阳的传说因果

月光鸣奏

太阳给了白天的光明正大
一杯水装下日子的情怀
脚下的痕迹
在小草温暖的小窝
着上微笑的色彩
岁月的河流没有休止符

不经意间
夜色成为大地上的风景
月光落在水面
洞察大鱼小鱼的成长
贴近沙滩
亲着草地
倾听梦里的心跳

软与硬的窗口
类似于长的方的嘴巴儿
在有月光的时空
更将自己活成菩提
去辞旧迎新
让梦的眼睛眺望灵魂深处
欣赏心与月光的最美鸣奏

我的天空

时间不停地叠加
而留白与多余同时存在
在遗憾中的纠结
指向一片未到时辰的落叶
交给已在路上的记忆动车

一扇门一扇窗
开与关的因果继续发生
过眼的花开花落
潮湿了路过的梦乡
唤醒黎明
与太阳
与我的天空
展开一场输与赢的对话

谁相信
黑夜不喜欢讲述彩色
我的天空
在落脚的地方
还在盯着与诗有关的边界

乳名会站成故乡

日落之后
所有的灯光都亮了起来
就在心够得着地方
夜的漆黑成了摆设
我在独处里
对着镜子
欣赏最真实的霜白

中年的风景会在冬天
瘦下来的
剩下来的
如同静默在咀嚼
如同桌上的白开水
梦里会别样的甘甜

真想
虚拟一场童年游戏
三人五人
将黑夜玩成白天
将涛声当作乐园
乳名会站成故乡

回味过后

不问眸光范围内的脚下
贫瘠还是肥沃
夜色
最大限度展现宽厚
直到黎明的到来

串串鞭炮浪起了喧嚣
无须命名
翻转起梦中涟漪
有坐标点上的碰撞
有花开的声音

尖果儿进入咀嚼的世界
回味过后
冲淡在空杯的最低处
仰望星空
风的温柔
伸进扁扁的胸膛

入冬了

入冬了
风不喧嚣也不料峭
遇见的落叶
多与少
在静默中走样

看不到镜子背后的霜白
如黑夜里的绿色
别了光
不经意间
将自己的灵魂剥离
体验着根之外的生活
修辞为落叶

此时
我轻快地撕下一页日历
而记忆的缝隙
似乎在比对
我与落叶之间的距离

雾在前方迷糊

雾在前方迷糊
纠缠夜色
路灯与三角梅对话
花语之外的声音
颤动心尖

平躺在夜色里
脚熟悉的路
起点与终点不确定
在余光处拐弯
装睡眼睛让自己错失月牙
那最美的流年
依旧敞亮

习惯于冬日暖阳
满足一枚清凉
屈指念想
借雾的赤骨
去拨动柔软心弦

心灵的百叶窗

喜欢往文字里摆放孤独
在安静的黑夜
也在喧嚣的白天

是谁热情地点亮
一把火的燃烧
又为谁
彻底将时间化作灰烬

流萤曾在梦里壮观
蜡梅曾在冬天的远方
吝啬着沁香
枕着最美的浮云
即使去对话心灵的百叶窗
或将
尘土一粒
决然地堵塞着老去的眸光

心意笃定
虔诚地掬起时光的水
在木鱼声中
让灵魂在高地边界圣洁

陌生中的糊涂

有趣的夜
很好的生活定性
仍想试图维护
而未曾想到
在一个空旷处的喧嚣
最终还是输给糊涂
清醒沦陷

恍惚间
已被岁月封存的微笑
躬身迎候
一杯酒的拒绝
得以让心跳恢复正常
讲沙滩讲霜白
而吞吐的每一个词汇
都在搪塞
落日后的自我无奈

上位的思绪
如同独钓于湖心的浪子
就算听涛
也是一种合适的存在方式
尽管所有陌生的眸光
接二连三地
刺疼无言

夜里有雾

路灯惺忪
远与近
齐刷刷地挂满浑身疲惫
朦胧的光
使出了打底的力量

往常的高楼
收起了所有的棱角
再锐利的眸光
也难以分清彼此的占位
缝隙与鸿沟
完全被妥妥地填涂

此时
哪都是十字路口
望着没有露脸的月亮
诗的嗅觉
跟着糊里糊涂
选择

夕阳,也有远方

以日落西山的思维
中年的目光
从东到西仔细地绕了一圈
折叠感慨
送别最后的一道霞光

红的黄的月季花
去不了也没办法抵达远方
深情地告别还在发热的夕阳
被风洗礼过的眸光
停留于爸爸妈妈的词汇
谈夕阳
只专注于他们口中的大地
以及耕耘的远方

此时
与旧日记相匹配的时间补丁
成了霜白和青发的主题
旁白的背景
早已跳出了年的宏图

生活之外

云朵的压抑
染色着蓝天的晴朗
一朵菊花
失去了往日最美的微笑
狗尾巴草
心疼着被删除的绿色
风坐在树上絮絮叨叨

鞭炮声还在延续
又不停地翻转记忆
彼此的交汇
满杯后
有虚拟的雷电
触及一个灵魂开始放空
在黑夜中迷茫

从一个窗到另一个窗
黑色的眼睛
看不到明亮的心灯
释放了
将生活之外
拉黑
安然遐想着另外一个世界

太阳落山之后

太阳落山之后
余温收入心房的包裹
由内往外
也预设着将贴身的被窝
穿透
让夜色中遇见的冷
自说自话
远离可爱的梦乡

喜欢做反季节的假设
纸上向日葵
将圆盆的脖子无限伸长
去尊崇远方
夸大脚的欲望
而悬空的风落地
依旧是冬天的冷
谁与谁的谁
姓氏只站在立春的边缘

主动亲近夜色
放大曾经收藏的阳光
却找不到
适合自己的那双温暖的手
紧盯着星星
依旧无法想象
心中那想要的模样

一双老旧的脚

涉及
寻常而又神秘的胜地
花开的祝福
大树小树如愿常青
以及一些因果哲学
从颤抖的夜色
揭开

风与风的碰撞
唤不醒最新的十五月亮
天壤之别
在于一颗心与一颗心的距离
而远方
就是眸光里的虚词

夜撒网大地
模糊选择与被选择的着落
启明星
在梦里召唤
一双老旧的脚
通向彼岸的台阶
或将被一起见证日出日落

梦的高远

给我一片天空
立体而宽阔
翅膀与眸光
增加了彩色的选择
而通向远方的
独处
常常是最美的喧嚣

坐上风车的日子
多少旋转
盯住焦点
自己便是自己的木马
花总在沉默
微笑
来自时间的背后

日落日出
我用守岁的记忆
去丈量
一条老路的刻度
夜色宁静
灵魂的笔
再次设计着梦的高远

梦醒来

鸟儿在欢快地品读阳光
绿叶对话空气
没有姓氏的时间
若隐若现地
整理着路过的足迹
这是黎明留下的日记

聆听夜色的呼吸
窗外的风
浪着飘着
黑夜说过
梦中的花草树木
一定还在掂量自己的小算盘
诱惑梦醒人贪婪的眸光

梦醒来
记忆里的视觉与听觉
都贴着微笑
心跳的四周铺满阳光
温暖的涟漪
汇成脚下的诗行

大海换上了新装

大海换上了新装
朝向远方
伸展更宽阔更包容的臂膀
一枚枚诚意
在热情的沃土上
四季花开

不同姓氏的乡愁
融入一条鲜活的时空大道
绿色喷涌
富有生活哲学的激流
焕发生机与活力
满满地朝圣预期
不经意间涌向晴朗蓝天
一一登上岁月的巅峰

耸立着的
奇迹般地写进生活
落下的耀眼
在黑夜里的梦中微笑
白天拥挤在青春的赛道
更快地奔跑

岁月的辽阔

投身于阳光的怀抱
活跃着,月亮与星星的视野
铁树开花了
三角梅,更是四季如春
一座新城的哲学
正被翻阅着,续写着

乡愁与乡愁
在路灯的陪伴中,徜徉
大海涛声,快乐地高调组合
长不大的泥土气息
融入了,贴着标签的制服
举杯
抒情着,岁月赛道上的幸福

此时,黎明与黑夜,做媒
岁月的辽阔
拥挤着马不停蹄的足迹
记忆轨道,如出一辙
每一次微笑,都接近心中美丽的
彼岸

在黑夜的笼子里

在黑夜的笼子里
圆的月亮和最闪耀的星星
一次次
被虚拟者牵挂着
新的记忆终归无法说谎

瘦弱的流年
从冬天延续到晴朗的春天
以守望一座山的姿态
往时间的高地
凝视,累积半个世纪的情愫
期盼的回音
交给醒来的黎明

当下,眸光与眸光交集
一把时光的刀
或将切断
一个世界到一个世界
唯一的骨感桥梁

空荡荡的黄昏

空荡荡的黄昏
一群飞雁
打捞落入大海的夕阳

目光所及,晚霞
复杂地燃烧模糊的春色
此时
滴滴思念
从遥远的记忆里掉落

曾经的陪伴
陪伴的曾经
继续刺痛着还没有结痂的情绪

悬挂的句号

浩瀚的苍穹下
小旮旯微尘挂牵
或早已被时间封存
粒粒桃花
走进了感动的系列
表达着不一般的点点洁白

黑夜的尾巴还长长地拖动
乌云从黎明过来
鸟儿梦里叫春
遥远波涛
看不见高山
乌云拼凑成杂乱无章
替换了曾经的晴朗

翻遍和翻阅记忆
亲切的佝偻
在榕树边在梧桐下
虚拟的花簇
圈圈排开
悬挂的句号
带不走皱纹里的泪痕

寂静的夜色

寂静的夜色
仰望没有星星的天空
月亮,仅露出包装过的孤独
探问着春天背后的故事

黄昏的酒
从一座山到另一座山的关口
流入共同的血液
老去的皱纹
此时,拥挤着单一的神色
黄金比例
指向欲望的彼岸
发间的白花
微微地圆满着仪式后的修辞

夜色寂静
只喧嚣着父亲折叠的影子
定格眸光
周详地环顾昨天今天明天

以缥缈的姿态

就一杯清茶,取代陪伴
定格的记忆
一次次
堵住眸光去向

镜框内的慈祥
同样表情
守住一个最原始的心愿
沉默的永恒
永恒地沉默

心中呐喊,跨越模糊时空
一炷香
以缥缈的姿态
拨动着
迂回在夜色里的迷茫

一条河的记忆

风下山的声音
月亮沉浮于心中的影子
一叶扁舟的独钓
大鱼小鱼
关于相邻的关系
曾经的选择,选择的曾经
冲突于清醒与模糊

天空的眼泪
流入灵魂的底座
往凹凸的新旧疮疤,行走
从缝隙中唤醒
寻找彼此的默契
遇见,没有兴奋的涟漪
麻木地沉淀
野生的春
在老化的步伐中,丢失

扛起,所有黑色的行囊
贴着支撑的大地
受伤的警示,阵痛梦的核心
矛盾仰望
执念了半个世纪
冰冷的微笑
谁在,写真一条河的记忆

暗处的光

太阳一声号角
处于底层的,还在旮旯边的念想
出发的精灵
有多少看不出的兴奋
如意的遇见
对于时间之外的简单解读
你与我
或表现出离奇的复杂

苔藓坐井观天
小桶无意间的招惹
引来一群鸟类的疯狂围观
一条绳的伸缩
体验了来自黑夜的寻常
经历过黑色浸染的井水
以天真的姿态
去直面小草小花的自然
用哑语
摆着黑白的前因后果

天空宽广着神秘
大地包容着难以清点的足迹
我与你
在一个不粗不细的轨道上
直走或绕弯,爬坡过坎
暗处的光
与灵魂,拟定着拐角的合同

选择

一首歌，撩动霜白的记忆
散落着青春的涟漪
在乡野
在牛背上
在炊烟出没的巷道

夜色的眼睛
看不到五线谱的影子
高山流水
将零碎的日子，激活
于窗内，营造一个简单的春

远方的呐喊，又在呼唤远方
有一种选择
就顺着路灯的轨道
期待，能完整带回
心中最原始的清澈

黑夜，还是曾经的

从冬天入住的玉兰花
尽情地陪伴
营造着，窗内的春暖花开
近距离的落叶
又隐约着春天的沮丧
太阳远去了
而黑夜，还是曾经的
灯光与黑影
依旧在一杯温开水里
煎熬拼凑着记忆
真搞不懂
这是在兑现谁开出的药方

长不大的绿萝
占据着清澈的人工湖
听不到鼾声
难以触摸身旁人的血压与心跳
面对钟摆
涂鸦着，纸上的加法与减法

从黎明到黎明

从黎明到黎明
即使是一个人
也要完成一段黑夜
眸光的涉猎
不经意间
风景,蕴藏着折叠的因果
终归会有美丽的遇见

三角梅的花玫瑰的花
真真假假
在灯光离去的时候
理性的缺憾
或被寻常的黑色虚拟淹没
简单的心跳
从记忆的深处等候回眸

太阳给予黎明
在一个完整的白天
无须再造一个自己的太阳
免费的光
会照亮
自己心中灿烂的天空

一起散步

在夜色中举起烛光
浪漫，别人的浪漫
没有牵手的微笑
他们的影子
在一段段小路上重叠

路灯的距离与亮度
适合温情
包括花花草草和过路人
随行的狗
摇摆着尾巴问候
被夸成懂事的孩儿

从对面走来的声音
比画着独一无二
风跟随助兴
某处的高音喇叭
似乎将自己当作夜的王者

第四辑　雨

在没有围墙的时间里

风雨变成了

没有骨头的记忆

又见太阳笑了

——《又见太阳笑了》

握不住雨滴

恩泽于多少幕
蓝天和白云
我抬高内心晴朗
与世界微笑对话
为生活
寻找合适封面

都说天有不测风云
若如此
起点与终点
成功与失败
在征程上相互转身
谁能把控

阳光灿烂的日子
云也会忽然黯色
并化身为无名的雨滴
将我潮湿
又缠住松软泥土
我握不住雨滴
也难以倾听雨落回响

你若安好，便是晴天

雨又在窗外
上演一场盛会
密集敲打声
填补了我上午的空白
还聚拢
不明出处的情绪

咀嚼稀缺
一把伞的故事
再次占据我的眸光
它是牵手
共同的泥泞上的主角
撑起了
一个又一个今天

隔窗倾听
感受到阳光柔弱的心跳
流年的苦涩
满杯多余
它来自花花草草
与喧嚣诗词

独处

细雨让晨光模糊了很多
夏已举牌
带上温度向前迈进
去年那些老榕树
翅膀更硬
但肯定飞不起来

我听到
一粒又一粒的声音
是鸟在叫唤
而不管如何努力
也无法接近
与它们进行有效沟通

还是将时间的缝隙打开
搓几片记忆
煮一壶茶
与今天共饮
再来一首诗
收留深深浅浅的味道

雨，还在下

没有骨头的细雨
连接起白天黑夜
于脚下开花
平坦与光滑并列
打磨心事

时空发霉
正消耗中年后的光芒
直面去掉棱角的夕阳
颤抖二胡
再次让音符发声
去掩饰
没有微笑的生活褶皱

曾经抓狂的地方
此时
桃花梨花早被春天带走
那枝头上的果儿
代表我的心
还在焦灼苦涩

又见太阳笑了

乌云到雨的进化
自以为可以笼罩住天空
改变大地
雨点稀稀密密
大大小小
只不过是一场逝水流年

被倒满颜色的口杯
黑于夜
而清澈就在黎明
曾经
沉重的倾诉
给了路过的夏季风
让最外围的绿叶
摇头

我信了
阳光真的是在风雨后
独处与喧嚣
并不矛盾
在没有围墙的时间里
风雨变成了
没有骨头的记忆
又见太阳笑了

金麦穗

从远到近
一场接一场雨
固执地给阳光上锁
包围着月亮星星

风声雨声
联手将时空内外塞满
一次次地
击退了蛙鸣蝉叫
独占主唱

已成熟在路上的金麦穗
调成静音
痴情地等候
出嫁的最后晴朗

幽静的沁芳

恼人的雨一场接一场
于风景中
倾诉着霸道逻辑
夏天独有的大型烘干机
也无法改变
雨水渗入骨髓的顽疾

大树下小草边
红的蓝的白的紫的
落花
零零散散
重重叠叠
不管哪一种存在
芳香已经离它们而去

独处于雨的背面
一叠发生在雾都相册
大大小小的蜡梅
依旧笑得灿烂
幽静的沁芳
再次返回那一年
石刀峡的渡口

悄悄地走来

从乌云到阵雨
瞬间发生过很多故事
其中
人与伞的情缘
悄悄地走来
抵达美丽的夕阳

此时
剪辑一段岁月
让青春静止
除了鲜花之外的浪漫
方言或乡音
所荡起的涟漪
情愫历经半百
不亚于
灵魂厅堂上的玉兰

又是一年蝉鸣时
也说风雨前后
曾经深耕拳拳之心的
默契
还继续悄悄地走来

蝉鸣

这个夏天
最持续最响亮的声音
还属于蝉鸣
交织着蝉鸣的守望
成为夏天的标签

雨停了
白云与白云又靠着蓝天撒娇
而蝉鸣
不得不再次让人动情

远与近
深与浅
蝉鸣
一定是蝉与蝉的共情
一定是前世忠诚的约定

活着的方式
对于蝉来说
它只选择夏天
它的一生只与知音和鸣

一场不请自来的雨

阳光
在平躺的方格周围
准时与黎明赴约
敲打窗门
足迹的声息
让脚开始控制不了冲动与着急

一场不请自来的雨
闯进阳光生活
以局外人的名义
披着降温的外衣
似乎想博取空调下的赞许
将夏天
伪装得很真实

此时
被叫醒的遮阳伞
牵着我的手
已见不到阳光的笑靥
雨
被定义为乌云的泪滴

夏日追凉

下了几场雨
也无法改变夏日的本性
酷暑一点都不虚假
接连热度
加快了绿叶的焦虑
你看
那天竺葵又想入睡

此时
风扇与空调
双管齐下
我和自己完全妥协
虔诚禅意
免去了野外的
夏日追凉
于若有若无的假期
倾听心中的木鱼声

不经意间
三两只小鸽子
投来羡慕的眸光
它们似乎洞察到
茶话间的温和与清凉

消失的风声

蛙声蝉鸣
跟酷暑一起在夜色中退烧
那棵老榕
路灯已无法透视它
成熟的绿色

雷声闪电还有滂沱大雨
此时
你听到的和想到的仅是故事
三五种表情
表达着对生活的理解

一幕又一幕的景观
那茶对水的妥协
如同你在晚饭后对沙发的依赖
消失的风声
在别人的诗歌里徜徉

云朵之上

当我启动电脑的时候
黎明已转身离去
阳光比昨天柔软了很多
而黑云迅猛地
吞噬着一朵朵白云
接着雨开始哭泣

前几天
居住在蓝天白云下
即使有风来过
还躁动着一波波热浪
就算享受阳光热情
却无法体谅云朵之上的
种种不测

转瞬间
窗外的绿叶挺直腰杆
向大雨敬礼
而零星的花儿
也竖起了耳朵
深情于小草与雨的对话
此时，我听到
雨满满的微笑

雨扰了谁的心弦

习惯于晴天里的独来独往
丢掉了雨的记忆
顶着蓝天白天
贴近思想的空地
尽情地填涂想象与自由

大衣棉衣
早已带上孩提时代的元素
尘封在日记里的冬天
交给烈日扫描瘦身
重新返回历史

一场突如其来的雨
穿透阳光
花草树木享受免费沐浴
想象与自由
开始寻找晴朗的出口

江湖

沙漠与沙漠的缝隙
渴望着大雨小雨的融合
江河湖海
披上蓝色外衣
暗潮涌动

秋天是来了
蝉鸣也沉淀成记忆的音符
夏天的那股热劲
似乎还留下长长的尾巴
独处在风扇的对面
不去想江还是湖
来一杯温度适中的开水
虚拟秋的清凉

仰望遥远的天空
灰色白色大的小的云朵
挤满了视阈
蓝天白云的磨合
如同江湖的深与浅
或许只有时间知道

听心

放眼记忆的草原
驻足还是奔跑
共情喜欢的辽阔
风来雨去
彼此也成为对方的故事

日子挂在脸上
被风带走的
曾经是内心的沉淀
舍与得
随花开花落
一棵树的脊梁
为了根
向大地上的小草弯腰

星空有星空的梦想
水有水的骨头
眸光与脚的协调
不贪婪丰硕
如向日葵的眼睛
喜欢阳光

风的心愿

大的小的强的弱的
于浪涛世界
喜欢同一频道上
扬帆起航
为胜利的彼岸鼓掌

季节的商标
恰似一首首流浪的歌
与落叶的谢幕
共鸣
指挥着低调的雨
舞动青春

辽阔的风
不与昼夜纷争
吞吐的心愿
一如既往
总不想改变直来直往

聆听微笑的声音

秋在最后的旅程
借阳光力量
送来温暖的巨幅礼物
响起的掌声
是来自路边的花草
就在落脚的地方

午后的清瘦
走进了秋风的怀抱
近距离地接近
并入心跳的运行轨道
这与花事有关

三角梅举起的灿烂
鬼针草的握手
亲切而温柔的微笑
拼凑着动人的流年
很有仪式感

十字路口的假设
野菊不去想
风唤不唤雨
面向阳光
收拾秋的行囊
去聆听孤独的微笑

靠近的眸光

夕阳在夜里沉没
一条路的脊梁
移动着
没有装饰的影子
它用喜欢的方式
对话路灯

封锁在时间背后
一枚种子
听从冬天的安排
等一场雨
接受阳光下的寒意
发芽

花与草的匹配
牵手于诗的小天地
不论及黑白
总将最艳丽的青春
交给靠近的眸光

触角

织一张想象之外的网
虚拟神经
敏感的单元格
陀螺在喧嚣中
也在静默里
自行复制多余

曾经
风声鸟鸣
掺杂着树叶与树叶的碰撞
独处的喜欢
被推向大海的垂钓
荒漠的欲望
再次将潮湿痴迷

此时
冬天里起风了
不管有没有雨与料峭
在雪堆里长大的青松
瘦下的
也包括骨感里的触角

往事

守着一怀宁静
从童年到中年就一瞬间
风吹过
撩动的记忆
总有被卡壳的流年

已遥远的乡愁
时光混淆的年少
平躺在涛声里的漫画
那赤脚的跳跃
还传来涌动的笑声

如跋山涉水的梦
小心的概念
从天真的沟沟坎坎
长了出来
朝向阳光
顶住了倾盆的骤雨

等同于冰山
又迎来同频道上的炽热
消融后的一湖平静
给予最美垂钓
来一支笔
潇洒地画意诗情

任黎明与黄昏交替
自我解读
日子内外的包装
与心跳同在
解锁了流年里的卡壳

与影子同行

记忆知道
从一扇门到另一扇门
关与开的哲学
迎面走来
阳光解读过
风带上雨也就此解说

时光老者
分不清旁白与配音
有一枚影子
用同一首陪伴的歌
超越了
一张纸的承诺
一如既往地
担当着浪尖上的起落

灯红酒绿
总想装满夜色的空杯
去代言日子的补丁
让岁月的衣裳完美
而一个人的梦
只能选择
与心中的影子同行

一不小心

一场不着调的细雨
不小心
唤醒了冬的冰冷
新的温度
开始从心下降

记忆里的一段路程
曾火热
并非因为夏天
荒漠上的燃烧
而是花与草的成熟
类似枫叶
虚拟同一频道上
最美的搭配

生活在粗犷中奔跑
心与心的辽阔
不经意间
有多少碰撞
就深藏于一不小心

冬雨

如牛毛的冬雨
牵手白天黑夜
一天续一天
风渐渐地走向冰冷
试探指尖

阳光在潮湿中低调
陌生地交互眼神
手与脚
每一个弧度的轨迹
唤醒了记忆的伤

上年纪的老榕树
托举粗糙而骨感的枝干
青春色调
与绿色的期盼
深邃着无声的诺言

雨还不着调地下着

雨还不着调地下着
稀稀疏疏的
猜不透它的姓氏
搞不懂它的意图
只将冬天推向霜冷

喜欢的对话
找不到合适理由开口
语言或已在记忆的路上
却被冰雪堵塞
似乎还需冬天里的一把火
才能融化

别想着把大海装入心中
一滴水的力量
一个杯的胸腔
谁在考验着黑夜的底线
灯在寻找答案

野生的阳光

手脚跟着冬的下滑轨迹
一起冰冷
迈进中年后
又渐渐地自我提速
着实老了
咋不盼望春回大地

雨停了
而莫明其妙的霜紧紧跟上
一间屋里的温度
即使有了变频的空调
有了虚拟的热情
也远不如窗外野生的阳光

或长或短的记忆
似心中那朵不凋谢的花儿
尤其是在冬天
尤其是在宁静的空旷
仍需要有阳光
才能灿烂

冬就在眼前

冬就在眼前
一场接一场料峭
脚下
并没有雪的真正加入
零星的细雨
只开出几朵霜花
还在沉默

不变的乡愁
流淌着没有结冰的海水
喜欢玩水的孩子
踏浪了
如同刀尖上的舞者
会在潮湿的海天中
站成膜拜的永恒

此时
对面的一处活篱笆
曾经修剪过
条条框框的预设
在冬的腋下
小小绿芽
似乎在偷偷地沐浴光的温情

太阳如约而至

太阳如约而至
我在一个宽阔的老地方
主动去读懂
阳光的无私与热情
以眼角的余光
想着融入远方的温暖

于一条路迂回
我感受过榕树的执着
重叠的影子
似乎在嘀咕越冬的小草
变形的细脖子
顽强地朝向
希望抵达的最后方向
此时
霜又在悄然包装
留下一个隐形的标点符号
为冬证明合理存在的事实

没有雨的晴朗
平静了一把伞的心情
风捆绑着阴阳
窥视着时间背后的猜测
再次贴紧的
无疑又是一枚新的表白

终归是自己的过来人
——写于2023年元旦

一枚枚
被感恩撑起的微笑
恍惚间
于2022年
陪同自己去爬坡过坎

曾记得
不一样的风浪
更高浪尖的狂风暴雨
问候翅膀
在独处喜欢的地方儿
不仅仅是一股力量
它拉一把
它撑一下
现实与虚拟的世界
书写出
一幕幕别样的蓝天

忘不了
不一样的喜庆
铺满一辈子的红地毯
珍藏
永恒于2022年
在每一个季节的最深处
开发结果
每一次咀嚼
足以让宁静的岁月
沁香

2023年就在前方
已揭开面纱
而未知的日子长相如何
感恩的
终归是自己的过来人

生活背面

吵醒鸟儿
将自己活成黎明的第一束光
奔跑
抢先在田间地头
源于种子绽放的一片绿色
入冬后
似乎朝向春的一边
等候着
动词的繁华

是空杯
却从未体验过倒满的知足
在秋天的殿堂上
内外擦亮
清零
留给虚拟的未来
也尝试着盛上冬天的雪白
见证一滴水的释怀

此时
夕阳走向了大地
倾听一首从未有过的成熟
扬起的微笑
与火焰树交汇
向阳春开
一点一滴
视化
来自风雨的不褪色年华

岁月深处

习惯与固执
交给时间的无心记忆
听风的哑语
触及过雨的绵绵泪珠
是记不清了

而一个人的空旷
喜欢自己对自己的思念
最奇怪的疯狂
莫过于
浪漫中的虚拟桃园
一条溪的清澈
总在祝福生命的流动
而小小的麻雀
会不停地满足霜白的虚荣
即使残冬

变与不变
脚会跟随深色的眸光
看不见的沉默
无法控制的涌动
心跳仍需要合理的空间

没有阳光的日子

又不见蓝天白云
雨密集于大地的坑坑洼洼
也敲打面上的平坦
来来往往
遇见的风景
少不了雨中的那把伞

眼前
有一把伞
被握紧且站立于雨的世界
叫卖声
一次次胜利地赶超雨的热闹
催生着心目中的早到年味
那喜庆
遍及路边吮吸雨滴的小草

被尊称的老农
变腔的喇叭
大包小包的菜名
一起上阵
或从黎明就拉开角色的博弈
午后仍不见阳光
一把伞
安静地紧紧相伴

顶住大雨小雨的点点滴滴
虚构晴朗
撑起了没有阳光的日子
微笑是温暖的句号
日子终归由它一一埋单

入冬

来自海边的记忆
浪花一浪浪地洒脱美丽
于心中绽放
牵念起遥远的童谣
天真哲理
在眸光抵达的地方
迷离

落入梦里的积雪
脚戳下不深不浅的洞
流进血液的冰冷
似乎就在昨天
与蜡梅来一场相识恨晚
人间烟火
重新被生活解锁

仰望着无法触及的太阳
黎明后的日子
一束光
给予整个世界的温暖
凹凸的脸
意外地贴了耀眼的封面
此时
正值入冬

遇见便是幸福

折叠还是铺开
留存在记忆的痕迹
无须让一座大山压着
或深藏在假想的荒漠中

如同
迂回在一条路上的足迹
重复扭曲
见过阳光
更被风雨洗刷带走
而那一刻的曾经
早与心血同频
被提取
常常在于不经意间

这样吧
就用最喜欢的阳光
去包装
深深浅浅的所有简单遇见

带上阳光无言的叮咛

风雨过后
带上阳光无言的叮咛
以秒针的样态
往春暖花开的方向
与时间同行

时间让自己老去
而岁月,留下一页页明朗的日记
一草一木,一砖一瓦
视阈内外的尘土
以自己的存在
去见证,风霜雪雨之上的努力

蓝天,高远是最美丽的微笑
生活站成背景
此时,继续翻页纸上的泥土
让文字的种子发芽
在梦想的田野上,建构枝繁叶茂

像往常一样

清明即将到来
越来越密集的雨辛勤地编织着
与时光的同频哀思
一棵小草
怀念着离去的老树
守住深藏的根
让绿叶躬身,表达着成长的敬意

父亲的空椅,还在
空椅上,父亲的最后一张封面
像往常一样
蕴含着饱满的时光哲学
不一而足
在母亲的故事里
丰富着大家小家的茶余饭后
脚注与旁白
非常吻合一本旧书的慈祥

恍惚间
我异常喜欢独处的喧嚣,满足
正是有一炷香的眸光
像往常一样
用沉默的爱
从心出发
紧紧地拥抱着我和我的影子

在清明的轨道上

从子夜到子夜
在清明的轨道上
风雨,以宁静的姿态被思念
吞咽

站在心中的思念
此时,保留着最完美的慈祥
借一炷香
无声地举起
沁香乡土气息的传承

洁白的花语
代言着,一个个沉重的身影
有远方的诗心
仰望着,黎明后的轻盈

在父亲的窗外

清明踩着雨,走了
带不走,雨在春天的思念
滴滴细小而沉重
在父亲的窗外
囚禁着均匀的呼吸

走进梦中的荒土
那里,有老黄牛与犁铧
它们忙碌着
草拟,孤独与孤独的喧嚣
为种子,耕耘一个完整的故乡

送走了清明,梦醒了
阳光,守住初心
带来春暖花开的钥匙
打开心扉
宁静地阅读父亲的,曾经

雨和雨结伴

雨和雨结伴
行走
潮湿着大地潮湿的心
怀旧阳光
更憧憬明天的晴朗

烧焦的文字
无法亲热于潮湿的空白
生与死的距离
有多少假设有多少真实
拥抱浮云
将自己夸张成一个天
其实
还不如雨中的那把小伞

与伞同行
守住脚接续的平仄
渴力地想象
于落日之前
微笑，在你我的世界里飞翔

第五辑　情

用时间的手去涂鸦

纸上蓝图

有桃花盛开的地方

有高山最险的断崖

放飞风筝

而一条弯曲的线条

被紧紧地握住

——《独饮一杯清静》

写给母亲的诗

我喜欢于夜色的灯下
倾听母亲
关于麦子弯腰的故事
以及
野菜汤的微笑
那里头
留存着
父亲母亲最简单的浪漫

有母亲的地方
就有生动的课堂
而我
坐成了最忠实的学生
粗茶淡饭的禅意
勤俭的种子
都会在心中发芽
此时
中年的发白与皱纹
已成为母亲最牵挂的复印件

在最新的母亲节
我捧上最虔诚的心
摆渡岁月
也无法知道漫长是多长
而母亲
注定是我最永久的人生驿站

沉默的你

——写于2022年父亲节

灯光在夜色中宁静
隔一桌茶几
面对面
于白发间
阅读着
你的岁月
你的生活

捕鱼挖芦笋洗贝壳
被唤醒的记忆
你会吃力地笑
你会涩涩地
挤出沙哑的音

沉默的你
扛起黎明与黑夜的劲
去哪了
一壶老酒的潇洒
又去哪了

对坐
凝视你的深眸
倾听你沉重的呼吸
我悄然地
折叠纸巾
擦拭眼角的潮湿

与风一起

无法拒绝风的温柔
炎炎夏夜
最迷恋老厝前榕树下
月色朦胧
远处涛声款款
树下凉风习习

但我也亲历过
风的魔力
窗外被扳倒的大树
在风中颤抖的老屋
以及料峭风过时大地的伤口

何必怀疑风的人格
何必左右风的走势
选择与风一起
也可以自然地
切磋生活

时间的孤帆

我知道浮云与梦
一样大方
在里头
可以装进所有的欲望
穿越时空
也能将花草的长相
变式

半睡半醒的地方
有我
日子似随身携带的镜子
从不伪装
堪比我脸上的皱纹
实诚

我不糊涂
当时间的孤帆离去
得与失也被带走
老地方
我还在留恋
继续平仄剩下的时光

石头上的修辞

普通的长相
是雕刻刀
赋予它有血有肉的故事
即使被赏识被信仰
而它
始终保持沉默

从母体分离
原始的大小棱角
历经风雨侵蚀
历经岁月雕琢
它始终保持着
石头的倔强

有时候,它是垫脚石
有时候,它是绊脚石
不管给予石头什么样的修辞
而事实上
它永远是它自己

虚设的枷锁

死亡是另一个渡口
它会让你
离开痛苦
入住神秘的天堂
而牵挂
让你选择活着

与时间独处
画副枷锁
将手术刀带来的恐惧
套牢
写上永别
盖上岁月的印戳
封存

举高微笑
在心中
造一个万能的太阳
于日落的时候
照亮
你想去的所有地方

叫卖声

对话黎明
于一条街道上物色餐点
叫卖声
此起彼伏
修饰语在空气里沸腾

鱼肉菜蛋日用品
被打出招牌
吸引男男女女的目光
这边那边
还有讨价还价
就算成交了
叫卖声
仍似没有五线谱的交响曲

如同迷失的小孩
我在叫卖声中持续发呆
一个老店
两个菜包
最懂我的心事
以老朋友的信任名义
我被妥妥地拿下

与时光对坐

野生的风
与片片绿叶频频招呼
风的美丽你瞧不见
唯有夏日里
你才能体味它的温柔

停不下来的粒粒蝉鸣
铆足干劲
以拉长的声音
极力证明自己的存在
只是它们深藏于绿色间
没人能看清它们努力的模样

时光再次过滤了你
长相苍老
脚步变形
与时光对坐
而你怒视风雨的态度
让时光狠狠嫉妒

时光磨不掉乡情

远离了涛声
系上乡间迂回的小道
于最新的田字格上
挥洒梦想

自行车摩托车高铁
见证着足迹与汗水
有鲜花拥抱
有泥潭里的彷徨
得与失
分与合
每一幕流年
共同的方言
灵犀的情愫
捆绑在灵魂的纽带
都置放着加粗的乡情

阳光一直都在
即使夜色
也是在远方守候
乡情如同阳光
日子不管在哪
时光都无法将它磨掉

轻轻地放下

打一个哈欠的功夫
目光尽头
白云被加工成红烧肉
举头的向日葵
低头思故乡
三五枚残存的月季花
也放弃高枝
知了的高音喇叭
或将准备收场

又收获了一天晴朗
黎明的担心
大雨或小雨
在心中终成为虚拟的摆设
此时,日子的页面
已转入闲散的轨道
放任其自由地填涂

恍惚间
你听到
那些驮着岁月的霜白
爽朗的笑声
与不再沉重的步伐
释放着果断
将时间背后的磐石
从灵魂的支架上
轻轻地放下

垂钓自己的影子

于大遮阳伞下
自己与自己的影子
随竹筏在细浪中
垂钓

大海与天空
有着相同血缘的蓝
而阳光
将视线内的欢喜
复制出长短不一的影子
在落脚的坐标点上
玩起了飘浮

一杯茶
一幕等候
面向大海的辽阔
提起与放下
在浮标沉浮的海面
那一弯影子静止

遇见你

十年二十年不知道有多久
遇见你
回眸
总有一缕如莲清澈
在心中荡漾
让沁香飘向伞下的晴朗

带刺的玫瑰
朝圣太阳的向日葵
虚拟五颜六色的三角梅
不一而足
在季节的殿堂里灿烂
而你纯洁昂贵
用奢侈的时光
在灵魂深处
挺起骨感却深情的脊梁
让失乐园款款惊艳

遇见你
小草学会在阳光中
撒娇
夜曲下独处
也让悬挂的心事
微笑
并在诗的世界里
喧嚣着
属于自己的喧嚣

渡口

起锚抛锚再起锚抛锚
于海的世界
打捞
成果牵手成果
失落接续失落
故事发生着
而最寻常的涛声
依旧

人海茫茫
哪里都有黎明黑夜
哪里都有眼泪微笑
太阳下的荣光
在时间背后
尘封着历史的传说

大海是你的故乡
人海有你的殿堂
风雨中
浪尖上
你是你的扁舟
你是你的渡口

打扫

落叶纸屑瓜子壳
沦为垃圾
注定是打扫的对象
如此结局
也在诠释着物以类聚

一个角落
打扫的人
从黎明开始孤独
却在笤帚上喧嚣落笔
大树小树的缝隙
一串串
远与近的蝉鸣
忙碌着为打扫的人配乐

时间丰富着记忆的斑驳
也留下变异的浑浊
流淌于血液
而在灵魂的拐角处
自己也需要
打扫

温暖

空荡荡的房子
吹着冷气
一盏灯
痴痴地盯着流入生命的
点点滴滴

房间之外的房间
宁静的出口处
飘来轻轻的问候
没有鲜花,却塞满
最珍贵的嘘寒问暖

一身洁白
一双有温度的双眸
是七月最美的天使
没有夏蝉高唱
只有低语的细水柔情

铃声

在平躺的地方
触手可及
吻合你的需要
用一曲轻松音乐
去召唤
总有微笑回应
柔软着你的瑕疵

蝉鸣缠住了白天的尾巴
在夜色中安眠
点点滴滴的精华
如同儿时
母亲絮絮叨叨的
魔神
在我心灵深处发力

铃声
转瞬间又在半夜
从我的指尖上响起
于疲软的灯光处
我的睡梦中,似乎有
一串串娴熟的动作
打消了我黎明的焦虑

杯边的那滴存水

日子交给一把椅子
在窗内装着孤独
听不懂风声
幸福的模样
只有空白文档知道
无私地容下清瘦诗行

削减的岁月
窃取一颗童心
安装在中年的坐标上
在黑夜的空白处
自由飞扬
以满足虚拟的睡眠

有意无意留下的记忆
如同杯里的水
冷与热
都得适度接受
杯边的那滴存水
最终会被风带走

格局

望不到边际的大海
与天空对接
喜欢它们共同的深蓝
尤其是相似的辽阔
总在悄然中灵动的大度

大雁接受大海的涛声
于天空展翅
乌云雷电
不确定地喧嚣在苍穹下
雨水交给大海收拾

大鱼小虾与捕捞者
永远在大海的深处赛跑
大海一次次成了它们的战场
它们的家就在这里
不管是日出还是日落

站在岁月的出入口
我成了大海的儿子
我是大地和天空的宠儿
脚印编织的经纬度
就交给空白的日子

杯中酒

一个空杯
倒上的酒
不仅仅是酒
还有岁月的心事

被密封已久的酒精
带着浓浓的乡土气息
重获自由
将日子的棱角软化
款款无言的香气
迷醉了多少类别的语言文字

历尽煎熬的精华
点点滴滴
混淆于思想的血液
疯狂的记忆
神化着浮云的最美长相
真真假假
激动了一串串业余的音符
叫嚣黎明

谁会在我的诗里等你

花与草的对面
从酸甜苦辣里寻找情趣
浪漫成一首歌
矗立成一幅画
为自己的流年解说

胖与瘦的脸谱
披着深深浅浅的绿色
菜谱的热情
竭力地飘洒起来
想象的诗香
挑战修辞的耐心
让夜色里的理性糊涂

文字染上记忆的味道
时间硬壳密封着
需要一把亲情的钥匙
用心去打开,到时
谁会在我的诗里等你

第五辑

情

唠叨

放不下的心事
将自己变成复读机
音频
比知了还知了
四季放歌

说知道
再厚的雪终归会融化
而假想的冰刀
还在夏日的梦里舞动
一颗心
悬在半夜

茶几边的猫与绿萝
一一打坐
它们不用装聋作哑
我和那本书
持久沉默

面子

将白发染成黑发
修饰眼圈
借助闪光灯
亮相
结局是谁给谁面子

变与不变
并非落入大海里的针
弯弯曲曲的串串脚印
流年遇见
被熟悉的记忆打捞
煽情
如同一堆泡沫

日子站成一面镜子
黑与白
在阳光里行走
未了的梦
仍在空白处发芽

被时光遗忘

已习惯单薄的影子
于光的背后
存在
太阳摸不着伤口
月亮照不见相思豆

举着仰望的信仰
驮上日子
锉了又锉,落地的犀利
寻找一个又一个缺口
小小冒尖
站成有骨头的柔软

过去与现在与明天的距离
在眸光的世界里
会缩短
会被时光遗忘
自己应是自己的王者

有一种别离

风与风一起吹过
清凉
随落叶飘零
我身心重构
却难以感受秋的舒适

午后的太阳
曾经烧伤路过的风
那时
只剩下知了的抒情
我怀念窗内空调的温度
已忽略窗外秋天
与即将来临的冬天的距离

时间内外的轨道
我低头奔跑
哭与笑
也无法左右春天种下的方向
有一种别离
在回眸后
将重新遇见点燃

自画像

清瘦的背影
与行路人一路不离不弃
从低处到低处
比一滴水还小心
在涛声里
安放渺小的姿态

从喧嚣的词海中
搬出一个个美丽的动词
给了花,给了洁白的云朵儿
在岁月的长河中
始终为伴
一路行走
拼凑浅浅的诗行
对话于别人的远方

朝圣举过头的梦
捧起虔诚
与禅意为伍
在平常心跳的频道上行走
相信在诗意的远方
会有一个灵魂赏识的家

行走在路上

已经忘记了对终点的预设
出发点总在脚下
曲与直
深与浅
均与眸光交汇

沐浴过太阳的温暖
穿上黑夜的衣服

遇见与再见
填写了不知多少的空白
前方与远方交替
在梦里也在梦外

一首歌的情绪
淡出
一句话的情感
融入

风牵手自己的方向
受伤的双眸
赤裸的迷茫
带着季节特色的花草
与你与我
向着晚霞微笑

轮椅上的思想

打包的伤痛没有贴标
在既定轨迹
回旋
总遇见了
路边的三叶草
尴尬微笑

在看不到尽头的山前
无言的时间
主动着
一次次
没有张口的问候
路过的风与心跳
早已知道
那些没有说出的预言

此时
还够不着大海的辽阔
日子与日子的缝隙
让光经过
真与假的轮椅
一路行走
只留下
风景后的省略号

当我静止下来

陀螺与拥挤并列
找个时空缝隙
独处
将自己最大化地放空
交给站在书里的人

风撩动半白的头发
一双双隐形的手
使出了
意想不到的温柔
触碰到我的心跳
倾听着我的安静

时光恍惚
我的心事
似乎没有商量地放慢脚步
只想去牵手
那记忆的白云
以及梦里的霓虹

执手一杯清茶

黎明后的世界
又有几枚落叶喊秋
从梦里走出来
大风大浪或已注册远方
心情
如一面镜子
朝向暖暖的阳光

习惯的空旷
白天的灯光迎面亮起
为孤独煮半壶水
滚烫与平静
来一回文明的博弈
露脸的肉桂
唱着几句沉浮

秋还在秋里填写牵挂
对坐空椅
执手一杯清茶
咀嚼假日
瞬间，满嘴
翻转着五味杂陈

影子

有光的地方
哪怕是在旮旯的巷子里
影子也透风
你可以看到它的模样
有时
会是最想要的那种

黑夜与黑夜重叠
有时
会被找不到窗的围墙堵住
时空无语
你举着心灯
会看清谁是谁的影子

白天注定是光的世界
影子也正喧嚣
谁是谁的影子
有时
需要放大镜
而最终发现,影子
就在你努力奔跑的赛道上

秋夜拾趣

从陌生的秋夜拾趣
那一间一座老厝
粉饰装扮
禅意与会说话的霓虹交互
这边那边的旮旯
一砖一瓦
似乎往老去的心坎上
诠释着童年的乡愁

秋风正在楼台献舞
满杯感恩
代言轻松喜悦
传递着朴实的乡土气息
缕缕沁香
将夜色的美梦升级
在远方
就在灵魂的领奖台

恍惚间
一节一节的岁月年轮
无缝对接
在大自然的时间隧道
流经虔诚
此时
最高贵的心愿
举过霜白
将祝福交给信仰的红绸

赶路

此时
芦苇又将白色升级
枫叶红得喜庆
在岁月的舞台上
匆匆地与昨天告别
用自己喜欢的状态
活着

在既定的时空方格
高举信仰的图腾
让纸上的日历
落地而丰满
让日子
与清闲擦肩而过

大海辽阔着辽阔
一座山高过另一座山
翅膀以翱翔命名
问候航标
飞跃一个一个彼岸
路过的风
分不清起点与终点

岁月的眼睛

路在露天中看似平躺
记录着脚的心情
草率与细腻
落地的流年
骗不了岁月的眼睛

迂回地爬坡
辐射着下山的轻松
植入心坎的
一枚枚会说话的文字
它灵动着
来自岁月的馈赠

曾经的疼痛
曾经的兴奋
岁月的眼睛
用绣花的功夫
将灵魂的沃土
层层解剖

温度

冬天似乎在门口徘徊
收起寒意
混淆夏日的温情
鸡冠花
用最鲜艳的形式
举起亮丽的热情

风显得斯文
静默在你我出入的地方
倾听路过的声音
遇见的温度
写在脸上
敞亮在蓝天白云的眼线

两轮三轮四轮的问候
刚柔的心事
在曾经的渡口释放
在脚下回响
虚拟而真实的松柏
遒劲有力

衣架

于赤裸的空旷
让衣服站起来
在太阳底下在通风的地方儿
潮湿被带走了
骨子里着实晴朗

关上了门
让体面与风度
重新于宁静中清楚调整
不隐藏半缕清香
亮相在有需要的方向
听从于
那一双执着的手的习惯

哪怕是多么的细小
哪怕是读不懂黎明与黑夜
经历了
从负重到轻盈的过程
每次高高架起
都离不开岁月的桥梁

赠你一个沉默

树上麻雀盯着碗里的米粒
叫唤饥饿
一个装睡的人
守望梦里的浪漫
自我陶醉

太阳在冬天稀罕地布道
真与假的渡口
吞吐烟雾
展开一场年少的风骚
落地的
便是完美中的缺憾

时空想不到的宽阔
容得下喧嚣
还有考验着背后的诱惑
一张纸的力量
超过来自秋天的期盼
已在素描漫长
时光在看不到的地方温柔
强悍语言
总在碰撞中燃烧
赠你一个沉默
去享受宁静的方圆

方寸之间

以一杯清淡
对话阳光
在文字的神圣里
寻找诗与远方
落笔
却在敏感之处

夕阳再见的时候
纸上的仰望
穷尽词汇
离开脚的笔墨
除了苍白尽是苍白

远方与脚下
类似于不分清的孪生
悟与不悟
就在于方寸之间

不舍得撕下一页日历

不舍得撕下一页日历
与昨天分离
新的黎明
已经送来全新的自己
希望与奔跑
一一做了调节
避免让遗留的情绪碰车

十字路口
走过的一个又一个
能记住的关键
尤其类似于冬天绽放的
蜡梅
也并非夸张地水中捞月
记忆的牙齿
喜欢咀嚼

从日历到日记
将触痛神经的流年收藏
每一个懂事的文字
如同冬天贴身保暖
从心遍及
冰冷
又算得了什么

眸光下楼

眸光下楼
母亲又开始一天的熟稔家常
补丁的衣服
似乎又在眼前
唤醒了记忆的旮旯

清瘦而又铜墙铁壁
一个母亲
无声地让风雨释然
重温萝卜青菜
出入口
填饱了日子的枝枝叶叶
老去了
依旧是别样的
意外芳华

云浮在天边晴朗与否
牵挂的
是母亲的唠叨
一杯清淡
谦卑里透露着不长不短的
冰洁虔诚

夜色不想醉乡愁

半杯矫情
卖弄了记忆的童年
一块糖果
讲不完半辈风云
遇见的
依旧是最熟悉生分之人

当你再次举杯的时候
一场虚假的浸湿
让思想瘦身
风开始有着说不清的摆动
夺走了微笑
落下果敢的省略号

此时
夜色不想醉乡愁
三三两两
收藏着冬天的喜庆
只盼着
各自最想要的迎春歌谣

纸上乡愁

谁能挡住
来自窗外的雾霾
门还是窗
老房子似乎用最原始的砖瓦
寻找喜欢的答案

纸上乡愁
被蝴蝶兰温暖地打开
耕耘在记忆深处
自以为是微小的颗粒
见证着不近不远的距离
为了老房子的生命
延续

午后的阳光
遇见了
最痛快地自我剃度
一花一草
重回往日的晴朗
青苔老屋
撞上了圆梦的故乡

时光流经的地方

柴米油盐酱醋茶
打造你我他
天亮了
总想为自己的心事
剃度
幸福呼吸
陀螺的心跳

在一个自己习惯的地方
最大化地与时间来一段
默契
是老去了
但还想打心里叫嚣童年
将今天守住

独处于一个世界
别样的热闹
对话
类似于尘土的自己
泥土气息
为单程车票
埋单

信仰扛在肩膀上

信仰扛在肩膀上
朝圣与尊重,写满各自的表情
努力奔跑
一圈又一圈,打破墨守成规
串道了
将默契的习俗推向高潮
开怀了共同的喜庆

锣与鼓,随同红色的演绎
以袅袅香烟,抒情大家小家积淀
的虔诚
故事连接乡愁
以家乡的名义出现
记忆的童年与陌生的霜白遇见
微笑地碰撞
彼此似乎回到阳光下的可爱

真假青春,在鞭炮与烟火中
绽放
忘却陈旧的自己
与摆上桌面的塑料花一样
光明正大,亮相美丽的鲜艳
此时,只想收藏诗般的火花
超越像素极限

空椅

走了
真的走了
空椅,将黑夜的眼神留下
最熟悉的距离
已无法丈量

此时
习惯还在延伸
而一些记忆,在镜框里宁静
流淌于血管的呢喃
如燃烧在冰雪世界
风的脚步
失落与迷茫

回眸
一个个无声的昨天
在心中醒来
重温,只能交给有姓氏的文字
于尘土中发芽

独饮一杯清静

走进蓝天
走出了阳光的灿烂
似梦非梦
与拥挤鸟鸣撞个满怀
而你独饮一杯清静
只为春天的欲望,瘦身

用时间的手去涂鸦
纸上蓝图
有桃花盛开的地方
有高山最险的断崖
放飞风筝
而一条弯曲的线条
被紧紧地握住

浮云有浮云的打算
眸光之下的视角
尘土的隐喻
在光的路面上,穿梭
自由自在
表演着,看不到的旁白

空瓶

装过浑浊，装过清澈
步入视界的时光
日子
选择在沉稳与摇晃的边缘

不食人间烟火
一只空杯
留下尘埃，留下五味杂陈
在太阳顾及的地方
喜欢折叠一丝希望

人走茶凉的时候
庆幸，曾经被彻底地清理干净
静默一边
拾趣地，吞咽冷暖的分量

倒影

男人和女人
不同的主角抒情
阳光之外的痴情,带上莫名其妙
深情,在绿叶之间

眷恋一湖江水
飘柔的岸柳
用绣花的功夫
探究另一个世界的前因后果
一生情
在夕阳下久久地,延伸

中年,在中年的岁月之后
扛起的包
向着远方
复制着男人和女人共同的春秋

不被带走的祭品

不被带走的祭品
轮番上阵
静默地陪伴
见证,一炷香起点到终点

朝着虚拟的天堂
塞满心愿
以超越人间烟火的姿态
填充一日三餐
还用燃烧的方式
将想象中的生命延长
诠释着生与死的关系

春联被替换了颜色
在拥挤的声音里
这洁白的岁月
似乎有反季节的向日葵
在心中绽放

后记

作为老师，我很喜欢我的职业，从小学任教了五年语文课到中学长期任教政治课，教书育人几乎占据了我有生以来的大部分时间，但教书之余，我每天总忘不了三言两语式的笔耕，尤其爱好写诗。教书与笔耕如同两个轮子，承载着我的生活与生命，承载了我人生路上的成长轨迹。近几年，我着手将自己的创作，尤其是诗作，分享于朋友圈，并很"自私"地享受创作与分享的快乐，即便我的诗作很是普通。

很庆幸地遇到我的初中2000届的学生陈忠坤，他是初中时代的"学霸"，当时作文就写得很好。"有状元学生没有状元老师"，他现在写作这方面特别让人折服，语言灵动且具有很强的穿透力，常常给人一种"言有尽而意无穷"之读后感，有嚼劲，让人回味无穷。从《时光在风中行走》《眸光里的呼吸》这两本诗集，再到这第三本诗集《月光落在手心》，他都是劳力劳心，非常用心地编辑整理且作序，每个环节都做得让人无可挑剔，其序文语言中肯、分析透彻。从他的整理编辑和作序的细节，我深深地认识到他非常懂诗，也懂我这个诗歌爱好者且又热爱创作的"林老师"，其序文一字一句，都真实地表达了我诗作创作的初心，几乎呈现出另一个真实的"林水火"。我不管用多少词汇，都无法完整地表达对陈忠坤的感动与感恩，与此同时，我也因为有这样的学生深感无比的幸福与自豪。

完成了前两本诗集之后，有几个要好的朋友开玩笑："林老师作品那么多，应再出第三本，来一个'林水火诗歌三部曲'。"在众人的鼓励下，我决定再献丑，整理出第三本诗集。这一本诗集的名称与陈忠坤商量了之后，我确定为《月光落在手心》，也算给予三本诗集一点名称上的共性吧，以"光"字将三本诗集串起来。诗即生活，生活即诗，这是我一直坚持的诗观。这些年来，我的诗歌创作，便是在这诗观的引领下展开的，不管是平日里的生活，还是在内心世界，我总在不经意间将诗与生活联系在一起。前两本诗集便蕴含着这样的思想观。而第三本诗集，则侧重生活的真实感触，诗集共分为五辑，即"春""花""夜""雨""情"。在第二本诗集的后记中，我曾写道"诗是情绪、情感的载体"，而情绪情感源于外部环境、生活事件等。因此，这本诗集的前四辑，我选择亲身体验过的生活现场，有感而发，并领悟生活哲理。最后一辑，则将情感升华，让诗体的落笔最终归于情之所在。

第一辑"春"。春是万物复苏的时节，春暗喻希望，而希望与失望常常同时存在于人的脑海里，碰撞着，焦灼着，"落花生/在包裹里叫春/久久地扰乱轻盈的云朵/巨石/堵住了心灵的窗口"（《在包裹里叫春》），但不管怎么样的感触，生活总是要继续，春天总是美好的，并且从万物复苏的迹象中，我们读懂信心与希望，"曾经留下刺骨的记忆/一枚枯萎的花蕊/总在期盼春的播种/即便是/类似未能完全燃烧的火苗"（《一个角落的宁静》）；万紫千红总是春！春天多姿多彩，焕发着青春活力，"长高的小草，在风中折腰/梦中牛羊/似乎在检阅二月的早春/不，也包含归来的燕子/年轮的恍惚/此时，又提前透露给鸟语花香"（《在春天的乡野》）。

第二辑"花"。花总是给人以美好的现实感觉，"我喜欢花开的模样/在窗内/一朵花，清新艳丽/不计较阳光多寡/如期绽放/建构青春"（《一朵花，开在晨光里》），花开是来之不易的，"花开花落"是现实逻辑，作为凡人我们总希望"开花结果"，"金色黄色红色粉色/在秋的尾巴/爬上/一枚枚上桌的果实/沁香，着实迷醉/也将你的味蕾带上"（《秋实》）。当然，对于花开的期待，包括对花美好的向往与憧憬，多少都带点永恒的奢侈，这是不言而喻的，"恍惚间/雏菊还在老地方/独处/看不到彩色的亲密跟从/而它的花语/却在陀螺的世界里微笑/在那里/我看到了/秋天的永恒"（《秋天的永恒》）。这也是人的共性，人的欲望之所在。这本诗集中所选择的诗，表达了我这种简单而复杂的思想状态。

第三辑"夜"。夜是黑暗的，夜是宁静的，"坐实黑夜的低处/与自己/共饮一杯简单的月光/点亮宁静/将昨天交给昨天"（《一杯月光》）。夜色，同时也是美好的沉淀，"有它的夜色/不想说再见/入眠后/梦里都是它的光"（《萤火虫》）。我喜欢在夜色中散步，在夜色中"胡思乱想"，"纸上的月亮星星/说是有情也无情/在夜的世界里点亮希望/提出迂回的记忆/黑白委曲/挂在风的脸上/与路边老梧桐共鸣/骨干也显几分茫然"（《独步》）。一个又一个的夜给我留下各种各样独特的感受，在夜色中，我迷茫过，欣喜过，期待过。生活中的点点滴滴，我最喜欢于夜深人静的时候，独自咀嚼，进而形成三三两两的诗行。

第四辑"雨"。风风雨雨才是人生之常态，"雷声闪电还有滂沱大雨/此时/你听到和想到的仅是故事/三五种表情/表达着对生活的理解"（《消失的风声》）。"阳光总在风雨后"，这句话成为重要的哲理，也成为人们遇到挫折时的自我安慰，我也常常于"风雨过后/带上阳光无言的叮咛/以秒针的样态/往春暖花开的方向/与时间同行"（《带上阳光后无言的叮咛》）。作为地球村民，随着社会的进步，诱惑与挑战日新月异，随之产生的挫折感与失败感也是寻常之事。在这方面，我深有体会，于是就有了一些"雨中即情"的诗歌创作。

第五辑"情"。"触景生情"是人之共性。或者是因为我较为敏感，在真真假假的现实世界与自然生活之中，面对人生百态，常常思绪万千。"人海茫茫/哪里都有黎明黑夜/哪里都有眼泪微笑/太阳下的荣光/在时间背后/尘封着历史的传说"（《渡口》）。每每身临于具体的人、事、物、景等之中，总会有些细节让我的情绪情感闪现，"一个角落/打扫的人/从黎明开始孤独/却在笤帚上喧嚣落笔/大树小树的缝隙/一串串/远与近的蝉鸣/忙碌着为打扫的人配乐"（《打扫》）。有时不仅仅是简单的喜怒哀惧，更有很多是说不清楚的，而这种心境之于我，只好的调节方式就是诉诸文字，与文字对话，让文字代言。

说起写诗，说起这第三本诗集，以上所言仅仅是我个人的粗鄙表达。仁者见仁，智者见智。我相信读者们也会有自己的不同见解和阅读感触。在此，我真诚感谢陪伴我一路成长的亲朋好友，感谢"朋友圈"关注关心我的朋友，感谢那些对林水火诗作不嫌弃的读者们，感恩遇见！也欢迎大家批评指正。

2025年3月21日